Melanie Panagiotopoulos

Sirtaki der Liebe

francke

Über die Autorin:
Melanie Panagiotopoulos lebt mit ihrem Mann und ihren zwei Kindern in Athen. Sie liebt es, in alten Bibliotheken zu stöbern und die historischen Plätze zu erkunden, an denen die ersten Christen gelebt haben.

Bibliografische Information Der Deutschen Bibliothek
Die Deutsche Bibliothek verzeichnet diese Publikation in der Deutschen Nationalbibliografie; detaillierte bibliografische Daten sind im Internet über http://dnb.ddb.de abrufbar.

ISBN 978-3-86827-067-9

Originally published in English under the title
Happily Ever After
by Barbour Publishing, Inc., 1810 Barbour Drive,
Urichsville OH 44683, USA

Deutsch von Eva Weyandt
Umschlaggestaltung: Verlag der Francke-Buchhandlung GmbH / Christian Heinritz
Coverfoto: Bildagenturen
Satz: Verlag der Francke-Buchhandlung GmbH
Druck: Bercker Graphischer Betrieb, Kevelaer

www.francke-buch.de

Kapitel 1

Das breite Tal schimmerte in der Hitze des Sommertages wie die Wünsche aus ihren unzähligen Träumen.

Wunderschön, ein vollkommenes Bild in weichen Pastelltönen, zeitlos und sich doch unentwegt verändernd, war es Allie doch irgendwie vertraut, obwohl sie wusste, dass sie vorher nie hier gewesen war. Ihre Finger strichen über das rissige Leder des Sitzes in dem alten Bus, während sie wegen des gleißenden Sonnenscheins mit zusammengekniffenen Augen die Landschaft betrachtete, die sich vor ihr ausbreitete.

Gertenschlanke Zypressen hielten Wache über den mit Schindeln gedeckten Bauernhütten, während anmutige Olivenbäume mit ihren silbernen Blättern wie eine Gruppe Ballerinas reglos in der Stille des Tages verharrten. Die Kirchen auf den Bergspitzen und die weiß gekalkten Häuser der Dörfer an den Berghängen funkelten in der heißen Sommersonne und gestalteten die Landschaft sehr abwechslungsreich. Die hohen, stillen Berge bildeten einen Schutzwall gegen den Rest der Welt.

Es war eine Welt für sich, ein Land des Staunens.

Lächelnd drückte sie sich tiefer in den durchgesessenen Sitz. Es war ein Lächeln der Zufriedenheit, der Vorfreude, das ihre Lippen umspielte. Dr. Allie Alexander wusste in diesem Augenblick, dass die Entscheidung, als Landärztin hierherzukommen, richtig war, dass sie tatsächlich den Weg eingeschlagen hatte, den Gott für sie vorgesehen hatte.

Allie, die in New York City geboren und aufgewachsen war, hatte Amerika verlassen, um in der Heimat ihres Vaters Medizin zu studieren. Sie hatte in Athen gewohnt. Doch nachdem ein Patient, ein Fußballstar, ihr zu Unrecht ethisches Fehlverhalten vorgeworfen hatte, war Allie klar geworden, dass es an der Zeit war, den einfachen, unkomplizierten Lebensstil anzustreben, nach dem sie sich immer gesehnt hatte.

Statt den Lärm des Müllautos wollte sie morgens lieber das Singen der Vögel hören. Sie wollte an einem Ort leben, wo hinter jeder Kurve einer Straße etwas Neues auf sie wartete, wo sie mit ihren medizinischen Kenntnissen Menschen helfen konnte, deren Gesichter und Namen sie kannte, nicht unbekannten Menschen, die unpersönliche Zahlen auf einem Formblatt waren. Das war der Lebensstil, nach dem sich Allie gesehnt hatte, solange sie denken konnte. Wie jemand, der wusste, dass er dem Willen Gottes folgte, faltete sie die Hände und dachte darüber nach, wie es dazu gekommen war, dass sie jetzt in diesem Bus saß.

Um Mitglied in der Landärztlichen Vereinigung Griechenlands zu werden, hatte sie sich durch einen Vertrag verpflichtet, für ein Jahr auf dem Land zu arbeiten. Und jetzt war sie auf dem Weg zu ihrem neuen Heim, Kastro, einem entlegenen Dorf hoch oben in den Bergen, die neben ihr aufragten. Während die klare, trockene Luft über ihr Gesicht strich und sie die Gerüche der aufgeheizten Erde und der Bäume in sich aufnahm – einer zarten Mischung aus Tannennadeln und Steinen, die sie an ein After Shave erinnerte –, dachte Allie, dass sie am liebsten für immer bleiben würde.

Der Bus nahm eine Kurve, und plötzlich ragte eine mittelalterliche Burg auf einem Berg vor Allie auf. Aufgeregt beugte sie sich vor. Sie liebte Burgen und Schlösser, und dieses Bauwerk enttäuschte sie nicht. Es schien in den Wolken zu schweben, als wäre es nicht auf einem Berg erbaut.

Der Bus blieb stehen, doch als Allie sich umblickte, konnte sie keinen Grund für den unerwarteten Zwischenstopp erkennen. Ein Steilabhang zu ihrer Linken, ein dichter Wald zu ihrer Rechten. So weit sie sagen konnte, befanden sie sich mitten im Nichts, ohne ein Hinweisschild, das diese Stelle als eine Bushaltestelle auswies.

Doch der einzige andere Passagier an Bord erkannte dieses Niemandsland als Ziel seiner Reise. Der Mann hatte sich zwei Hennen unter den Arm geklemmt und trug einen alten Fellhut, der schon bessere Zeiten gesehen hatte. Er stieg aus, was sich mit den gackernden und zappelnden Hennen als recht schwierig gestaltete. Mit seinem graumelierten Bart und seiner sonnenverbrannten Haut erinnerte er eher an einen Einsiedler als an einen Hühnerbauern.

Gack, gack, gack! Die Schreie der Hühner wurden lauter und verzweifelter, und der bisher schweigsame Mann schrie sie an mit einer Lautstärke, die dem Gackern seiner gefiederten Freunde in nichts nachstand. Die Tiere schlugen mit den Flügeln und zappelten und wanden sich.

Weiche und flaumige Federn schwebten wie große Schneeflocken durch den Bus. So etwas hatte Allie noch nicht erlebt. Nur mit Mühe konnte sie ihr Lachen unterdrücken.

Aber da der Einsiedler nicht so aussah, als fände er diese Situation komisch, riss sich Allie zusammen. Sie wedelte die Federn vor ihrer Nase fort und richtete ihren Blick auf die Burg.

Doch ihr Blick blieb an der stattlichen Gestalt eines Mannes hängen, der an der Bushaltestelle scheinbar die Ankunft des Mannes mit den Hühnern erwartet hatte.

Als sich seine Lippen zu einem Lächeln verzogen, reagierte Allie ganz instinktiv. Sie lächelte zurück.

Schließlich setzte sich der alte Bus wieder in Bewegung. Als sie sich kurz umsah, war es ihr, als folgte der Fremde mit seinen Blicken dem Bus, bis eine Biegung der Straße sie voneinander trennte.

Seufzend lehnte sich Allie zurück. Nachdenklich strich sie mit der Hand über ihren französischen Zopf. Was das Bergdorf an Überraschungen für sie bereithielt, darauf war sie gespannt.

„*Einai koukla* – sie ist eine Puppe“, sagte Petros zu seinem Freund Stavros und deutete mit dem Kopf auf den davonfahrenden Bus, während er immer noch mit seinen Hühnern kämpfte. Schweißtropfen liefen über seine Stirn und über sein Kinn, aber das ignorierte er.

Stavros riss seinen Blick von dem knatternden Vehikel los und richtete ihn auf den Bauern. Aber die hübsche Fremde hatte seine Aufmerksamkeit erregt. „Weißt du, wer sie ist?"

Petros zuckte seine knochigen Schultern und deutete damit an, dass ihn das nichts anging. „Vermutlich eine Verwandte von einem aus dem Dorf, die aus der Stadt gekommen ist, um sich über uns Dorftölpel lustig zu machen", erwiderte er wie erwartet. Mit diesen Worten setzte er sich in Bewegung zu einem Waldweg, der von der Straße aus kaum zu sehen war. Die zappelnden Hennen hatte er sich jetzt fest unter die Arme geklemmt.

Nachdenklich sah Stavros seinen Freund an. Petros besaß einen Stolz, der hart war wie das Holz der Eichen, unter dessen schützendem Blätterdach er lebte. Leider war auch sein Zorn unbeugsam. Nachdem an jenem verschneiten Wintertag vor drei Jahren keiner aus dem Dorf in der Lage gewesen war, seine Frau und ihr neugeborenes Baby zu retten, war er mit seinen vier Kindern in die Berge gezogen.

Stavros hatte Verständnis für ihn. Er selbst hatte etwa zur selben Zeit ähnlich gehandelt. Er hatte Georgetown in der Nähe von Washington D.C. verlassen und war in das Heimatdorf seiner Familie in Griechenland gezogen. Aber für seine Familie war dieser Umzug positiv gewesen und dank Telefon und Computer konnte er mit dem Rest der Welt in Verbindung bleiben. Per E-Mail korrespondierte er fast jeden Tag mit seiner Mutter und zahlreichen Freunden und Kollegen in den Vereinigten Staaten.

Aber ob es für Petros' Familie gut war, in der Wildnis zu leben, vollkommen abgeschnitten von jeglicher Zivilisation, daran wagte Stavros zu zweifeln. In seinem Haus, einem alten Steingebäude aus dem neunzehnten Jahrhundert, gab es nicht einmal Elektrizität.

Ganz plötzlich streckte ein Huhn seinen Hals vor und zwickte Petros in die Nase. Beinahe wäre es ihm gelungen, ihm zu entkommen. „Du Mistvieh!", schimpfte Petros und packte die laut gackernde Henne an den dünnen Beinen. „Du kommst in den Suppentopf!"

Stavros brach in Gelächter aus, doch sein Lachen wurde von dem

Lärm des Federviehs übertönt. „Willst du eine Hühnerfarm aufbauen?"

Mit bebenden Nasenflügeln wirbelte Petros herum. „Du weißt genau, dass ich das nicht will. Maria brauchte sie", fuhr er ihn an. Maria war seine sechzehnjährige Tochter.

Stavros runzelte die Stirn. Maria war Petros' Älteste, und seit dem Tod von Petros' Frau kümmerte sie sich um ihre jüngeren Brüder und ihre Schwester. „Wann kommst du mit den Kindern wieder ins Dorf zurück?"

„Wenn es einen Grund gibt, mit ihnen zurückzukommen", gab Petros kurz zurück.

Stavros runzelte die Stirn. „Sie müssen zur Schule gehen", beharrte er.

„Maria unterrichtet sie."

„Aber wer unterrichtet Maria?", fragte Stavros.

Petros drehte Stavros den Rücken zu. „Kümmere dich um deine Angelegenheiten", murmelte er, bevor er in dem dichten Tannenwald verschwand. Innerhalb von wenigen Sekunden hatten die Bäume ihn verschluckt und nichts deutete darauf hin, dass gerade ein Mann den Weg entlanggelaufen war.

Nachdenklich ging Stavros weiter. Er und Petros waren sich sehr ähnlich.

Ein Sonnenstrahl wurde von dem verrosteten Chrom des Busses reflektiert, der den Berg hochkroch.

Sein Blick blieb an dem Vehikel hängen, das nach einer Biegung wieder in Sicht gekommen war. Er wurde an die Frau erinnert, die darin saß. Was sie wohl in das einsame Bergdorf führte?

Er würde ihr aus dem Weg gehen.

Jede Begegnung meiden.

Er brauchte keine Frau, die sein Leben durcheinanderbrachte, und erst recht keine Frau, die offensichtlich in der Stadt geboren und aufgewachsen war. Er war mit einer solchen Frau verheiratet gewesen.

Und sie hatte ihn beinahe das Leben gekostet.

Kapitel 2

Das Dorf Kastro schimmerte im Sonnenschein wie ein Halsband aus Rubinen und Perlen. Dieses Dorf war einfach malerisch. Es lag im Schatten der Burg, in die sie sich bereits verliebt hatte, und eine byzantinische Kirche mit einem blauen Kuppeldach und kleine Sträßchen und Gässchen, die mit einer Anmut den steilen Berghang emporklommen, wie man es nur in alten Dörfern findet, vervollständigten das Bild.

Als sie ins Dorf hineinfuhren, erhaschte Allie kurze Blicke auf so manche weinberankte Veranda und Rosengärten mit ausladenden Eukalyptus- und schlankeren Zitronenbäumen, die hinter alten Gartenmauern hervorlugten. Es war bezaubernd, und als der Bus auf dem überschatteten Dorfplatz zum Stehen kam, hatte Allie ihr Herz bereits an Kastro verloren.

Die Menschen wurden von dem Bus angelockt wie durstige Tiere von einer Quelle. Allie war erstaunt, wie viele Menschen auf dem Dorfplatz zusammenströmten. Ein Blick auf die Uhr sagte ihr, dass bald die Siesta begann, die in den griechischen Dörfern strikt eingehalten wurde. Trotzdem kamen die Männer neugierig aus dem *kafenion*, dem Café, Frauen, die sich ihre Hände an den Schürzen abtrockneten, verließen ihre Küchen, und die Kinder kamen von ihren unterschiedlichen Spielplätzen angerannt, erhitzt und aufgeregt. Angeregt miteinander plaudernd, wollten alle den Bus willkommen heißen, der ihnen dreimal in der Woche ein Stück der Außenwelt nach Kastro brachte.

Allie ließ ihren angehaltenen Atem entweichen. Das waren die Menschen, um die sie sich kümmern wollte, die sie kennenlernen und mit denen sie als Nachbarn zusammenleben würde. Sie hatte gehört, dass die Ärzte, die für die Landärztliche Vereinigung arbeiteten, von den Dorfbewohnern herzlich aufgenommen und als angesehene Mitglieder ihrer Gemeinschaft betrachtet wurden. Während sie ihre Sachen zusammensuchte, wurde ihr bewusst, dass sie auch aus diesem Grund beschlossen hatte, als Ärztin aufs Land zu gehen. Sie wollte Teil einer Gemeinschaft werden. Ihre lebenslustige Mutter war gestorben, als sie erst acht Jahre alt gewesen war, und ihr lieber, aber sehr ernster Vater zehn Jahre später. Allie hatte nur noch einen Bruder, Alex, doch der lebte auf der anderen Seite der Weltkugel.

Die Freude auf ein herzliches Willkommen zauberte beim Aussteigen aus dem Bus ein Lächeln auf Allies Lippen. Doch als die Sohlen ihrer Sandalen den Boden berührten, brachen plötzlich alle Gespräche ab, als wäre ein Fernsehgerät ausgeschaltet worden, und alle, vom ältesten Mann bis zum jüngsten Kind, starrten sie an.

Allie spürte, wie alle Farbe aus ihrem Gesicht wich. Sicher würde man sie freundlich begrüßen, sobald sie wussten, wer sie war. Mit bedeutungsvoller Geste hielt sie ihre Arztasche vor sich. Auf Griechisch, das ihr in den Jahren ihrer medizinischen Ausbildung beinahe zu ihrer Muttersprache geworden war, stellte sie sich vor. „Hallo. Ich bin Allie Alexander. Die neue Ärztin von Kastro."

Nach allem, was sie gehört hatte, hätte diese Nachricht begeistert aufgenommen werden sollen.

Aber so war es nicht.

Es wurde sogar noch stiller, falls das überhaupt möglich war. Jetzt verstummte sogar das rhythmische Klicken der *koboloie*, der Sorgenperlen. Die Leute starrten sie unverwandt an.

Verwirrt fragte Allie: „Das ist doch das Dorf Kastro, nicht?" Aber eigentlich war sie sich sicher, dass sie hier richtig war. Die Burg, *kastro*, die dem Dorf seinen Namen gegeben hatte, ragte über ihnen auf.

Da die Dorfbewohner stumm blieben, blickte der Busfahrer, der gerade ihr Gepäck auslud, auf und erbarmte sich ihrer. „Sicher." Selbst er schien verwundert über diese feindselige Begrüßung.

Allie nickte ihm dankend zu, bevor sie eine weitere Frage an die schweigende Menge richtete. „Hier in Kastro befindet sich doch die ärztliche Bezirkspraxis, nicht?"

Nach einer endlos langen Pause trat ein Hüne mit großen Schweißflecken unter den Achseln vor. Mit zusammengezogenen Augen fuhr er sie unfreundlich an: „Ja, aber Sie sind hier nicht willkommen."

Allie starrte ihn verblüfft. „Wie bitte?"

„Ich sagte", wiederholte er betont deutlich, als wäre sie schwer von Begriff, „Sie sind hier nicht willkommen." Der triumphierende Blick, den er seinen Kumpels zuwarf, machte ihr klar, dass die Verlegenheit und Verwirrung, die seine Worte bei ihr auslösen sollten, ihm ein Gefühl der Überlegenheit gab. Aber Allie hatte schon mit solchen Menschen zu tun gehabt – Menschen, die auf Grund ihrer Größe meinten, andere unterdrücken zu können. Sie hatte die Nase voll von ihnen.

Zwar wäre es wirklich schön gewesen, wenn man sie hier in Kastro freundlich aufgenommen hätte, wenn schon nicht überschwänglich, so doch wenigstens höflich, aber mehr als alles andere war Allie eine Pragmatikerin. Die Ereignisse in ihrem Leben hatten sie zu einem Menschen geformt, der genauso eigensinnig und entschlossen sein konnte wie alle anderen.

Sie marschierte, ohne dem Mann und den Leuten, die hinter ihm wie Zombies lauerten, einen weiteren Blick zu gönnen, zu dem Kafenion, das am Dorfplatz lag. Ihr Gepäck ließ sie unter der großen Platane zurück.

Ihr war heiß.

Sie war müde.

Und sie hatte Durst.

Bevor sie einen weiteren Schritt tat oder etwas sagte, würde sie sich eine eiskalte Cola gönnen.

Der Gastraum des Kafenions war schäbig, aber die dicken Steinwände boten Schutz vor der mörderischen Hitze draußen. In seinem Innern war es erstaunlich kühl. Eine Frau kam hinter einem Vorhang hervor. Das Klappern ihrer Zahnprothese kündigte ihre Anwesenheit an. Nicht einmal ihr mürrisches Gesicht, das Allie klarmachte, dass auch von ihr keine freundliche Aufnahme zu erwarten war, konnte Allie davon abhalten, ein Getränk zu bestellen.

„Eine Cola, bitte“, sagte sie, griff in ihre Tasche und legte das Geld auf den Holztisch.

Allie hörte, wie die Männer hinter ihr das Lokal betraten, und aus den Augenwinkeln heraus nahm sie den Hünen wahr, der ihr Anführer zu sein schien. Die Frau hinter der Theke warf ihm einen nervösen Blick zu. Sie gab sich nicht einmal Mühe, vor Allie zu verbergen, dass sie stumm seine Erlaubnis erbat, das Getränk servieren zu dürfen.

Allie drehte sich um und blickte ihn herausfordernd an.

Er zuckte seine massigen Schultern und nickte der Frau zu. Die Frau mit dem schlecht sitzenden Gebiss drehte sich um und verschwand im Nebenraum.

Während Allie auf ihre Cola wartete, starrte sie vor sich hin. Als die Frau zurückkehrte und das Getränk vor sie auf den Tisch knallte, trank Allie das Glas in einem Zug aus, bevor sie sich wieder zu den Dorfbewohnern umwandte.

Zu den Männern.

Mit Ausnahme der mürrischen Frau waren alle Frauen und Kinder verschwunden. Ein Blick durch die Tür bestätigte ihr, dass auch der Dorfplatz wie leer gefegt war. Allie erinnerte sich, gehört zu haben, dass in den entlegenen Gebieten das Dorf-Kafenion die Domäne der Männer war. Sie hatte es einfach nicht glauben wollen. Bis jetzt.

Tief durchatmend sprach sie den „Männerclub“ an. „Kann mir jemand den Weg zur Arztpraxis zeigen? Wenn nicht, finde ich sie auch allein.“

Alle Anwesenden blickten den Anführer an, und auch Allie richtete den Blick auf ihn. Ohne einen Muskel zu bewegen, informierte sie ihn: „Ich habe den Schlüssel.“ Zum Glück war die Behörde in der Stadt so vorausschauend gewesen, ihn ihr auszuhändigen.

Es folgte ein spannungsgeladener Augenblick, bis der Anführer der Frau hinter der Theke auftrug: „Ireni, bring sie hin.“

Das süffisante Grinsen auf seinen dicken Lippen weckte in Allie den unbestimmten Verdacht, dass er etwas vor ihr verbarg, aber sie ließ sich nichts anmerken. Mit selbstsicheren Schritten, ohne eine Spur von Zögern oder Schwäche, folgte sie der sauertöpfischen Frau zur Tür hinaus und über den Dorfplatz zu einer kleinen Gasse.

Unter anderen Umständen hätte Allie Freude an diesem Spaziergang gehabt. Eukalyptusbäume säumten den Weg, und Walnuss-, Oliven- und Zitrushaine lockten in der Ferne. Die Häuser waren zum Teil alt, zum Teil neu, aber alle hatten eins gemein: Sie waren sehr gepflegt.

Bis auf eines: Das kleine, weiß getünchte Gebäude mit dem offiziellen weiß-blauen Schild der dem Gesundheitsamt gehörenden Arztpraxis.

Es war nicht nur, dass die Farbe abblätterte und die Fensterläden schief hingen. Das ganze Gebäude sah schrecklich ungepflegt und verlassen aus. Wie die überwucherten Rosenbüsche unter den geschlossenen Fensterläden brauchte es einfach etwas Pflege. Zum ersten Mal fragte sich Allie, wie lange schon kein Arzt mehr in Kastro praktizierte und was der Grund dafür war.

Mit einem Schmatzen ihrer dritten Zähne stieß die Frau mit Namen Ireni die Tür auf. Dann trat sie zurück, um Allie den Vortritt in das dunkle Innere des Gebäudes zu lassen.

Allie atmete tief durch und streckte die Hand nach dem Lichtschalter aus. Aber noch bevor ihre Finger den Schalter fanden, warnte ihre Nase sie vor dem, was sie erwartete. Wie in einem Verlies roch es nach Feuchtigkeit und Vernachlässigung.

Allie knipste die einzige Glühbirne an und schnappte nach Luft.

Der Raum, der, wie Allie vermutete, das Wartezimmer sein sollte, bot einen katastrophalen Anblick. Seit mindestens einem Jahr schien der Boden nicht mehr mit einem Besen in Berührung gekommen zu sein. Er war übersät mit Papierfetzen, und zarte Spinnennetze hingen wie unheimliche Wandbehänge in den Ecken und Nischen. Das Sofa lag umgestürzt auf dem Boden und das Korbgeflecht der Stühle löste sich in seine Bestandteile auf.

Am hinteren Ende des Raums war eine geschlossene Tür, die vermutlich zu den Privaträumen führte. Aber zuerst wollte sie die ganze Praxis sehen, darum ging sie zum Untersuchungszimmer in der Hoffnung, es in einem besseren Zustand vorzufinden.

Aber dort sah es noch schlimmer aus, falls das überhaupt möglich war.

Überall im Raum lagen medizinische Instrumente verstreut, blutgetränkte Wattetupfer türmten sich auf verdreckten Tabletts und in dem kleinen Waschbecken. Der Untersuchungstisch war beschädigt, und zerbrochene Ampullen verunzierten die fleckige Tischplatte ihres Schreibtisches. Die Glasscheiben des Medizinschranks waren so schmutzig, dass man nicht hindurchschauen konnte.

Allie streckte die Hand nach dem Griff aus und öffnete die Tür. Ein Skorpion, etwas größer als ein alter Silberdollar, huschte an der Seitenwand des alten Schranks empor.

„Iih!", schrie Allie auf und zog ihre Hand zurück, beides instinktive Handlungen. Sie drehte sich zu ihrer Begleiterin um, doch als die Frau nur ein vergnügtes Grunzen von sich gab, hielt Allie es für das Beste, sie zu ignorieren.

Angeekelt wandte sie sich ab. Sie hatte das Gefühl, als würden unsichtbare Krabbeltiere über ihren ganzen Körper laufen. Allie überließ den Medizinschrank dem Skorpion und ging hinüber zu den Kisten, die erstaunlicherweise mit einer schützenden Plane abgedeckt waren. Sie waren das Einzige in dem Gebäude, mit dem man sorgsam umgegangen war.

Vorsichtig, damit sie nicht von den Mäusekötteln getroffen wurde, zog Allie die Plane zurück und fand darunter etwa zwanzig Kisten mit medizinischen Geräten und Medikamenten.

Sie überprüfte das Versanddatum. Diese Kisten waren im vergangenen Monat geliefert worden. Zum ersten Mal, seit sie mit den Dorfbewohnern von Kastro Bekanntschaft gemacht hatte, lächelte Allie. Mit dieser Ausrüstung konnte sie eine anständige medizinische Arbeit aufbauen.

Sie nahm ein Taschentuch aus ihrer Handtasche und putzte sich die Hände ab. „Wer ist für die Säuberung der Praxis zuständig?" Allie fand das eine vernünftige Frage, eine logische Frage. Aber die Frau schien ihre Meinung nicht zu teilen. Mit einem Schnauben, das an das eines Schweins erinnerte, drehte sie sich auf ihren kleinen Füßen um und stapfte aus dem Gebäude.

„Oh Mann", seufzte Allie und blickte der Frau nach, die auf dem Gehweg verschwand, bevor sie ihren Blick erneut durch das schmutzige, unordentliche Praxisinnere gleiten ließ. „Herr?", fragte sie den Einen, der sie nie enttäuscht hatte. „Du willst mich doch hier haben, oder?"

Kopfschüttelnd ging sie zum Fenster hinter dem Schreibtisch, und unter einem Hagel von abgeplatzter Farbe und Staub, der auf sie herabregnete, gelang es ihr, es zu öffnen. Hustend fächelte sie den Staub vor ihrem Gesicht fort und streckte die Hand nach den Fensterläden aus. Erstaunlicherweise ließen sie sich leicht zurückklappen.

Der Ausblick aus dem Fenster ließ sie das Chaos vergessen, in das sie geraten war. Rote und gelbe Rosen, dazwischen auch Blüten in Rosa, verströmten ihren betörenden Duft. Unter ihr erstreckte sich das Tal, das aussah wie eine grün-goldene Patchworkdecke. Ein Kratzen auf dem Boden erregte Allies Aufmerksamkeit. Sie senkte den Blick.

Und schnappte vergnügt nach Luft.

Eine Schildkröte, die größte, die Allie je gesehen hatte, saß unter dem Rosenstock und sonnte sich. Ihr Kopf war nach oben gereckt, und mit ihren kleinen Knopfaugen blickte sie sie freundlich an, so freundlich wie bisher keiner der Dorfbewohner. Ihr zahnloser Mund mahlte unentwegt wie der eines alten Mannes, der versuchte, Worte zu bilden.

Als Allie diese große, wunderhübsche Landschildkröte entdeckte, wusste sie, dass dies ein direktes Zeichen von Gott war, ein Zeichen, das ihr deutlicher als eine Million Worte sagte, dass sie, trotz des unfreundlichen Empfangs im Dorf und trotz des erbärmlichen Zustands der Praxis, genau an dem Ort war, an dem Gott sie haben wollte. Denn Allie liebte Schildkröten mehr als alle anderen Geschöpfe Gottes. Meeresschildkröten, Landschildkröten und sogar Schnappschildkröten. Allie liebte alle Mitglieder der Familie der Testudinata. In New York City hatte sie keinen Hund halten dürfen, aber ihr Vater hatte ihr immer eine Schildkröte erlaubt. Als ihre kleine Schildkröte vor einigen Jahren gestorben war, hatte sie bittere Tränen vergossen.

Aber jetzt, in ihrem neuen Heim in Kastro, hatte Gott ihr eine neue geschickt: Eine große Schildkröte. Ein Lachen stieg in ihr auf. Ihr ansteckendes Lachen, von dem ihr Bruder immer behauptete, es würde dem Wort *Freude* eine Stimme verleihen, schallte über die hellenistische Landschaft hinweg. „Hallo, Schildkröte", begrüßte sie das Tier nach einer Weile. „Bist du gekommen, um mich willkommen zu heißen?"

Die Schildkröte blinzelte zu Allie herauf und Allie war davon überzeugt, dass sie sie angrinste. Ihre Anwesenheit gab Allie den Mut, sich wieder dem Chaos hinter ihr zuzuwenden.

Doch während ihr Blick durch den deprimierenden Raum glitt, seufzte sie. Nicht in ihren kühnsten Träumen – und Allie hatte viele Träume – hätte sie erwartet, solche Zustände in Kastro vorzufinden.

Sie warf ihren Zopf nach hinten und beschloss, sich jetzt erst einmal in ihren Privaträumen einzurichten, bevor sie sich daranmachte, den Untersuchungsraum in einen präsentablen Zustand zu bringen. Auf dem Weg zu der Tür an der hinteren Wand des Wartezimmers überlegte sie, in welchem Zustand wohl ihre Privaträume sein würden. Wäre es denn zu viel verlangt, eine hübsche kleine Wohnung vorzufinden, mit einer weinberankten Veranda, auf der sie die Düfte des Sommers genießen könnte, und mit einem großen Kamin, der sie im Winter wärmte?

Mit einem erwartungsvollen Atemzug riss sie die Tür auf.

Nicht zu der erwarteten Wohnung, sondern vielmehr zur freien Natur und – zu einem Esel!

Einem Esel, der in dem Garten der Praxis zu Hause zu sein schien. Aber mehr noch, einem Esel, dem es überhaupt nicht passte, dass sie ihn in seiner Siesta störte!

In aller Eile zog Allie die Tür wieder zu und lehnte sich mit dem Rücken dagegen, während ihr Blick hektisch durch den Raum schweifte auf der Suche nach einer weiteren Tür. Aber es gab keine und sie erinnerte sich, auch im Untersuchungsraum keine gesehen zu haben.

Die Praxis bestand nur aus zwei Räumen.

Es gab nicht einmal eine Toilette.

Dr. Allie Alexander stieß einen enttäuschten Seufzer aus. Sie hatte keine Ahnung, wo sie wohnen sollte.

Überhaupt keine Ahnung.

Kapitel 3

Entschlossen griff Allie nach ihrer Schultertasche und ihrer Arzttasche und machte sich auf den Weg zum Kafenion. Der unerschütterliche Mut, sich dieser Situation, egal wie unangenehm sie auch war, zu stellen, schoss durch ihren Körper wie ein Adrenalinstoß. Es war ein Gefühl, mit dem klarzukommen sie nicht nur ihre Arbeit, sondern auch das Leben gelehrt hatte.

Sie straffte die Schultern und wagte sich erneut in den „Männerclub". An der Tür blieb sie stehen. Plötzlich wurde es ganz still im Lokal. Alle Geräusche, das Mischen der Spielkarten, das Klicken der Sorgenperlen, das Klacken der Würfel auf den Backgammonbrettern aus Holz, verstummten. Dass ihre Anwesenheit in dem Kafenion die Männer verstörte, war offensichtlich. Dass ihr das egal war, wurde ihnen klar, als sie ihr Kinn leicht vorstreckte, eine durchaus bewusste Bewegung, zu einem Tisch ging, sich einen Stuhl heranzog und darauf Platz nahm.

Als die missmutig dreinblickende Frau ihren Kopf hinter dem Vorhang hervorstreckte, bestellte Allie sofort noch einmal eine Cola. Die Frau knallte die Flasche vor sie auf den Tisch. Allie ignorierte sowohl die Cafébesitzerin als auch die Männer. Sie legte ihre Finger um die kalte Flasche, nahm den Strohhalm zwischen die Lippen und trank, dieses Mal sehr, sehr langsam das süße, sprudelnde Getränk.

Das Ticken der Coca-Cola-Uhr aus den fünfziger Jahren an der Wand hinter der Kasse war das einzige Geräusch in dem Raum und es schien immer lauter und intensiver zu werden, je länger die Stille andauerte. Schließlich krachten die Stuhlbeine des Anführers auf den Steinfußboden.

„Wir hatten einfach nicht mit einer Ärztin gerechnet!" Die Luft im Kafenion war elektrisch aufgeladen. Und während die Männer an seinem Tisch wie blökende Schafe in einem Stall zustimmend murmelten, hatte Allie den Eindruck, gerade den Grund für die Feindseligkeit der Männer erfahren zu haben.

Vermutlich ging es darum, dass sie eine Frau war.

Aber sie war sich nicht sicher.

Nagende Zweifel ließen sie vermuten, dass mehr dahintersteckte als ein Vorurteil gegen Frauen.

Allie machte sich nicht die Mühe, auf seine Bemerkung zu antworten, sondern trank einen großen Schluck Cola, bevor sie fragte: „Wo wohnen die Ärzte von Kastro normalerweise?"

„Nun", erklärte der Hüne, „normalerweise wohnen sie im Haus des Lehrers." Er hielt inne und grinste so breit, dass seine Goldzähne im Mund zu sehen waren. „Aber bei Ihnen geht das nicht."

Mit ausdruckslosem Gesicht fragte Allie: „Und warum nicht?"

„Weil Sie eine Frau sind", bemerkte er, als würde diese Aussage alles erklären.

Allie wusste sehr gut, dass sie eine Frau war, und allmählich hatte sie es satt, ständig von diesem armseligen Exemplar eines Mannes daran erinnert zu werden. Sie erhob sich, trank im Stehen den letzten Tropfen ihrer Cola, stellte die Flasche wieder auf den Tisch und sagte dann: „Nun gut, ich werde mit dem Lehrer sprechen und sehen, was er dazu zu sagen hat."

„Das geht nicht", gab der Hüne selbstzufrieden zurück, und an der selbstbewussten Art, wie er die Karten in seinen riesigen Händen mischte, wurde für Allie deutlich, dass das Spiel, das er mit ihr spielte, noch nicht zu Ende war. „Der Lehrer ist nicht im Dorf", erklärte er.

Die Furcht, er könnte erst in vier Wochen zurückkommen, wenn die Schule begann, durchzuckte Allie. Wenn das so war, dann wusste sie nicht, was sie tun sollte. Vielleicht sollte sie sich auf die Suche nach einer guten Fee machen? Ihr Optimismus siegte über ihren Sorgengeist und sie war froh, dass sie ihrer so unsicher erscheinenden Zukunft doch relativ gelassen entgegenblicken konnte.

„Dann rede ich mit ihm, wenn er zurückkommt", erwiderte sie und nickte den Männern kurz zu, bevor sie zur Tür ging.

„Nein. Sie können nicht bei ihm wohnen." Die näselnde Stimme des Hünen folgte ihr. „Die Leute werden reden. Sie wissen schon … ein Junggeselle … eine allein stehende Frau … im selben Haus …" Er ließ seine Worte bedeutungsschwer in der Luft hängen. Aus den Augenwinkeln heraus beobachtete sie, wie einige Männer zustimmend nickten.

Ohne ihre Schritte zu verlangsamen und ohne sich anmerken zu lassen, dass sie seine hässliche Andeutung verstanden hatte, setzte sie ihren Weg zur Tür fort.

Aber sie hatte sie verstanden.

Sehr gut sogar.

Angesichts dessen, was sie vor ein paar Monaten mit dem Fußballstar durchgemacht hatte, zuckte sie innerlich zusammen.

„Wir können kein Techtelmechtel zwischen unserer Ärztin und unserem Lehrer dulden, oder?" Allie hörte, wie der Hüne das Saatkorn des Misstrauens der Gerüchte tiefer in die Erde des Dorfes drückte, während sie auf den jetzt menschenleeren Dorfplatz trat.

Sie war wütend. Sie war furchtbar enttäuscht. Aber mehr noch war sie ärgerlich auf sich selbst. Was hatte sie denn erwartet? Sie seufzte.

Die Verse aus Psalm 37, Worte der Weisheit, nach denen zu leben sich lohnte, kamen ihr in den Sinn. *Hoffe auf den Herrn und tu Gutes, bleibe im Lande und nähre dich redlich. Habe deine Lust am Herrn; der wird dir geben, was dein Herz wünscht. Befiehl dem Herrn deine Wege und hoffe auf ihn, er wird's wohlmachen und wird deine Gerechtigkeit heraufführen wie das Licht und dein Recht wie den Mittag.*

Ein Lächeln stahl sich auf ihre Lippen, als sie über diese Verse nachdachte. Allie ließ ihren Blick über das stille Dorf schweifen und rief sich in Erinnerung, dass die meisten Dorfbewohner bei ihrer Ankunft nicht da gewesen waren. Es war Mittagszeit, die heißeste Zeit am Tag, und die meisten hielten während der Siesta einen Mittagsschlaf, um der größten Hitze zu entgehen. Sicherlich würde sich ein Haus oder ein Zimmer für sie finden lassen, wenn die anderen nach der Siesta wieder nach draußen kamen.

Sie ließ sich auf einer Bank bei ihren Koffern nieder und fuhr sich mit der Hand über die Stirn. Wie gern würde sie jetzt ebenfalls einen Mittagsschlaf halten. Die Emotionen und die körperliche Anstrengung, die mit diesem Umzug verbunden waren, hatten sie erschöpft, und sie wünschte sich nichts mehr, als sich in den kühlen Schatten dieser ausladenden Platane zu legen und sich dem Schlaf hingeben zu können.

Das Zirpen der Grillen lullte sie ein, der breite Stamm des alten Baumes hieß ihren Kopf willkommen, und die Hitze hüllte sie ein wie eine Daunendecke, und trotz der Feindseligkeit, die sie umgab, fühlte sie sich sicher in den Armen ihres Herrn. Ihre Augenlider wurden schwer und sie döste ein.

Sie wusste nicht, wie lange sie geschlafen hatte; es konnten nicht mehr als ein paar Minuten gewesen sein, doch als ihre Augen sich langsam wieder öffneten, glaubte sie zu träumen.

Ein Mann in einem langen Gewand mit einer passenden schwarzen Kappe und einem langen, grauen Bart und den freundlichsten Augen, die Allie je gesehen hatte, stand vor ihr.

„Gut, gut … kann es sein, dass diese schlafende Schönheit die neue Ärztin von Kastro ist?“, fragte der Mann. Seine Stimme war tief und rau und sehr, sehr freundlich.

Allie lächelte verlegen. Das musste der Dorfpriester sein. Aber im Augenblick erschien er ihr eher wie eine gute Fee in Männergestalt.

Sie richtete sich auf und erhob sich. Der Priester war nur wenig größer als sie – und sie war mit ihren ein Meter fünfundsechzig schon nicht besonders groß – und schlank und drahtig wie ein junger Mann. Allies Einschätzung nach konnte er nicht viel älter als sechzig sein, doch gleichzeitig wirkte er auf sie irgendwie zeitlos. Sie streckte ihm die Hand hin. „Ich bin Allie Alexander, die neue Ärztin von Kastro.“

Er ergriff ihre Hand. Seine Hand war mit Schwielen übersät, was Allie deutlich machte, dass er kein Müßiggänger war. „Und ich bin Theodore Pappas. Willkommen, *Yatrinna.*“

Dass er sie mit *Yatrinna* ansprach, erfüllte Allie mit großer Dankbarkeit. Es bedeutete „Ärztin“ und wurde von der Landbevölkerung als ein Ausdruck des tiefen Respekts vor dem Beruf einer Ärztin gebraucht. Nach dem eher feindseligen Empfang tat es ihr gut, so angesprochen zu werden, noch dazu von dem Priester, der Person, die in einer dörflichen Gemeinschaft das größte Ansehen genoss.

„Danke, *Papouli.*“ Auch sie erwies ihm den nötigen Respekt, indem sie ihn einen „großväterlichen“ Priester nannte. Sein Lächeln wurde breiter. Es schien ihm zu gefallen.

„Aber warum schlafen Sie hier auf dem Dorfplatz?“ Seine Augen blitzten fröhlich hinter seinen Brillengläsern. „Warum sind Sie nicht in der Wohnung, die für Sie vorbereitet wurde?“

Verwirrt legte sie die Stirn in Falten. Dass man eine Wohnung für sie vorbereitet hatte, war neu für sie. „Papouli ...“ Sie hielt inne und fuhr sich mit der Zunge über ihre Lippen. Sie wusste nicht so genau, wie sie fortfahren sollte. Sie war eine Fremde, und die Bewohner dieses Dorfes waren seine Familie und seine Herde. Sie wollte sich nicht über die Menschen beschweren, mit denen er vermutlich sein Leben verbracht hatte, und auf keinen Fall sollte er sie für ein unzufriedenes kleines Kind halten.

Aber Theodore Pappas war ein Priester mit großer Menschenkenntnis und seine weisen alten Augen erfassten sofort, dass etwas nicht stimmte. „Bitte, fühlen Sie sich frei, mir alles zu erzählen“, forderte er sie auf. Er war ein Mann Gottes, in der reinsten und aufrichtigsten Form.

Und so schüttete ihm Allie ihr Herz aus. „Ich fürchte, die Leute, die Männer“, korrigierte sie sich und zeigte zum Kafenion, „haben ziemlich deutlich gemacht, dass ich in diesem Dorf nicht willkommen bin.“

„Pah“, brummte der Priester mit seiner tiefen, rauen Stimme. Sie werden genau dort wohnen, wo auch alle anderen Ärzte gewohnt haben – im Haus des Lehrers.“ Er beantwortete seine Frage, als wäre es eine ausgemachte Sache.

„Aber die Männer sagten, ich sei eine Frau und deshalb –“ Sie sprach den Satz nicht zu Ende.

„Pah." Er unterbrach sie und führte sie entschlossen zur Tür des Kafenion. „Kommen Sie, ich regle das."

Kapitel 4

Und das tat Papouli auch.

Als Papouli das Lokal betrat, setzten sich die Männer etwas aufrechter hin, und als Allie ihm in respektvollem Abstand folgte, warfen sie sich gegenseitig reumütige Blicke zu wie Kinder, die bei einer Ungezogenheit ertappt wurden. Es wunderte Allie nicht, dass sogar der Hüne großen Respekt vor Papouli hatte.

„Hat irgendjemand von euch Einwände dagegen, dass unsere Yatrinna im Haus des Lehrers wohnt?“, kam er ohne Vorrede zur Sache. Er bedachte jeden Mann im Kafenion mit einem scharfen Blick über seinen Brillenrand hinweg. Als keiner Einspruch erhob, nicht einmal der Hüne, tat Papouli das Thema mit einem leisen „Phhh“ ab, und nachdem er zwei der Männer angewiesen hatte, Allies Gepäck zu tragen, führte er sie durch die gewundenen Gassen des Dorfes zu einem wunderschönen weißen Haus, im Schatten der Burg.

Sie folgte Papouli in einen Garten, der sie mit dem Duft des Sommers empfing, und zwang ihren erschöpften Körper, hinter ihm die Marmorstufen hochzusteigen und über die umlaufende Veranda, vorbei an einer undurchsichtigen Glastür und mehreren Fenstern zu einer großen Holztür am hinteren Ende des Hauses zu gehen. Er stieß die Tür auf, und Allies Augen wurden ganz groß, als sie einen Blick in die wunderhübsche Wohnung warf. Wie ein byzantinisches Chalet waren die alten Steinmauern mit Holz verkleidet und der Raum war mit Polstermöbeln und farbenfrohen, bestickten Kissen ausgestattet.

Allie setzte ihren Fuß auf den polierten Holzboden und hatte das Gefühl, in ein anderes Jahrhundert eingetreten zu sein. Sie stellte ihre Arzttasche neben den antiken Schreibtisch links von sich und ihr Blick glitt über die Sofas mit dem Holzrahmen, die in L-Form vor dem hübschen *tzaki*, dem Kamin, dem Blickpunkt des Raums, angeordnet waren. Eine Frühstückstheke war hinter dem kürzeren Teil der Sitzecke und dahinter eine mit modernen Geräten ausgestattete Küchenzeile. Eine Steinwand mit Regalen aus demselben dunklen Holz wie die Fensterläden füllte die andere Seite der Küche aus. Porzellantassen, Schalen und Teller in Erdtönen, die Antiquitäten sein mussten, zierten die Regale.

Sie trat hinter die Steinmauer in den Schlafbereich. Ein großer Kleiderschrank stand links von ihr, aber es war das Bett auf dem Podest, an dem ihre müden Augen hängen blieben. Eine Decke aus dem Stoff des Sofas war darüber gebreitet, darauf lagen bunte Kissen. Sie konnte nicht widerstehen, sie musste es ausprobieren. Vorsichtig setzte sie sich auf die Bettkante. Die Matratze war fest, aber weich – genau wie sie es mochte. Auf der anderen Seite des Raums beobachtete sie staunend, wie die Männer ihr Gepäck neben dem Kamin abstellten. So viel hatte sich verändert, seit sie Papouli, diesen wundervollen Mann Gottes, kennengelernt hatte. Erleichterung und Staunen erfüllten sie.

Der Priester wandte sich ihr zu. Seine Augenbrauen hoben sich über seinen Brillenrand und Zufriedenheit spiegelte sich in seinen Gesichtszügen. „Ah … Yatrinna. Gefällt Ihnen Ihr neues Heim?"

Während ihr Blick nach oben zu den sichtbaren Dachbalken glitt, dann durch die französischen Verandatüren hinaus zu dem unglaublichen Ausblick über das Tal und die dahinter liegenden Berge, spürte sie Tränen in sich aufsteigen. Nach diesem feindseligen Empfang und dem Schrecken über den Zustand der Praxis war die Freude über die Freundlichkeit des Priesters und dieses bezaubernde Heim beinahe überwältigend. Sie wunderte sich über die Extreme, die ihr in diesem Dorf begegnet waren.

Sie erhob sich, ging zum Schreibtisch und ließ ihre Finger über die wertvollen byzantinischen Bildzeichen an der Seite gleiten. „Ich liebe es, Papouli", murmelte sie.

„Gut", bemerkte er und wandte sich zum Gehen. „Ich werde Sie jetzt ausruhen lassen, und heute Abend kommen Sie zum Abendessen in mein Haus. Es ist das Haus mit den blauen Läden in der Nähe der Kirche“, verkündete er in einem Tonfall, der keinen Widerspruch duldete. Dann wandte er sich brüsk um und ging zur Tür.

Allie rannte ihm nach, doch sie sah nur noch den Saum seines Gewandes, als er um die Ecke bog und hörte, wie er forschen Schrittes die Stufen hinunterstieg. Lächelnd drehte sie sich wieder um, kehrte in die Wohnung zurück und ließ die Terrassentür einen Spalt offen stehen, um ein wenig Luft hereinzulassen, dann schleppte sie sich zum Sofa und ließ sich darauf nieder.

Erschöpft legte sie den Kopf auf die Lehne. Ihr Blick glitt über den großen Tzaki mit seiner gewölbten Umrandung, bevor er an der Vase mit den wilden Rosen hängen blieb. Der süße Duft der Blüten erfüllte ihre Wohnung. Allie schloss die Augen und sog tief den weichen, natürlichen Duft ein. Er streichelte ihre Sinne, beruhigte ihre Gedanken. Dass der Lehrer sich die Mühe gemacht hatte, ein so hübsches Heim für ihre Ankunft bereit zu halten, berührte sie. Eigentlich hatte ihr seit dem Tod ihres Vaters niemand mehr kleine Aufmerksamkeiten zuteil werden lassen. Irgendwie gab ihr das ein Gefühl der Sicherheit.

Sie erhob sich, streckte die Arme und kämpfte gegen ihre Erschöpfung an. Aber es nützte nichts. Sie war einfach müde und brauchte Schlaf.

Wie von selbst lösten ihre Finger ihren Zopf und sie taumelte in ihren Schlafbereich. Ihre Knie waren so weich, dass ihre Beine sie kaum noch tragen konnten. Erschöpft ließ sie ihren müden Körper auf das einladende Bett sinken, und als ihr Kopf das weiche Kissen berührte, war sie schon fast eingeschlafen.

„Wer sind Sie, und was tun Sie in meinem Haus?“ Diese barsche Frage riss Allie aus ihrem erholsamen Schlaf. Zunächst musste sie sich orientieren. Sie zwang ihre Augenlider, sich zu öffnen.

Doch als es ihr endlich gelang, wusste sie nicht, ob sie nur träumte.

Der Mann von der Bushaltestelle, der ihr so freundlich zugelächelt hatte, stand über sie gebeugt vor ihr.

Verschlafen wanderte ihr Blick über sein Hemd und über seine kantige Nase. Sein Blick war hart und dunkel. Erneut wiederholte er seine Frage: „Ich habe Sie gefragt, wer Sie sind und was Sie in meinem Haus zu suchen haben." Allie begriff nicht, warum der Mann so zornig war. Sie wünschte, sie könnte aufspringen und sich zu Hause in Sicherheit bringen. Aber das ging nicht. Sie war zu Hause.

„*Baba* ...", mahnte das kleine Mädchen an der Seite des Mannes, ein Ebenbild von ihm, in kindlicher Verlegenheit. Ihre samtigen tiefbraunen Augen waren ebenfalls auf Allie gerichtet, aber ganz anders als bei ihrem Vater lagen in ihnen Staunen und Freundlichkeit.

Allie lächelte sie an, doch als ihre Fingerspitzen über die Decke strichen, wurde sie sich plötzlich ihrer Situation bewusst. Sofort richtete sie sich auf, schwang ihre Füße über die Bettkante und ignorierte dabei das Dröhnen in ihrem Kopf, dem diese abrupte Bewegung überhaupt nicht gefiel. „Hallo", sagte Allie zu dem Mädchen. Ihre freundlichen Augen waren ihr sympathischer als die ihres Vaters.

„Hallo", gab das Mädchen zurück, und Allie spürte, wie das Kind vor Neugier beinahe platzte. „Bist du der neue Doktor?", fragte das Mädchen hoffnungsvoll.

„Das bin ich." Unwillkürlich musste Allie angesichts der freudigen Erregung lächeln, die das Mädchen kaum zurückhalten konnte, als es sich zu seinem Vater umdrehte.

„Siehst du, Baba ... Ich habe es dir ja gesagt", quietschte sie vergnügt.

Allie bemerkte den ungläubigen Ausdruck, der das Gesicht des Mannes überzog. Er blickte sie über den Kopf seiner Tochter hinweg an. „Sie sind die neue Ärztin?" Es war eher eine Anklage als eine Frage.

„Und Sie …“ Ihre Kehle war wie ausgedörrt. Sie räusperte sich und setzte erneut an. „Ich meine, Sie sind nicht zufällig der Lehrer, oder?“ Aber noch während sie ihre Frage aussprach, wusste sie, dass es so war. Der Hüne hatte bei ihr den Eindruck erwecken wollen, dass der Lehrer für längere Zeit verreist war, nicht nur für ein paar Stunden. Offensichtlich hatte er sie in der Hoffnung in die Irre geführt, sie würde den nächsten Bus – oder Esel – nehmen und das Dorf verlassen.

„Das bin ich“, bestätigte er mit leiser Stimme. Es hörte sich an wie das ferne Grollen eines gefährlichen Gewitters.

„Oh“, mehr brachte Allie nicht über die Lippen. Sie streckte ihm die Hand hin und stellte sich vor. „Ich bin Allie Alexander.“

Während seine dunklen Augen sie musterten, schob sie ihr Kinn vor und hielt seinem Blick stand.

„Ich bin Stavros Andreas“, erwiderte er schnell und drehte sich zu dem Mädchen an seiner Seite um. „Und das ist meine Tochter Jeannie.“

Allie lächelte das Mädchen an.“

„Wow!“ Jeannie klatschte in die Hände. „Du bist die neue Ärztin! Du wohnst hier!“

„Nein“, widersprach Stavros mit dröhnender Stimme. Allie und Jeannie fuhren erschrocken zusammen. Verwunderung war in ihren Gesichtern zu lesen. Auch im Gesicht des Lehrers lag Verwunderung. Das verblüffte Allie. Er schien selbst erschrocken zu sein über seine Reaktion. Trotzdem fuhr er fort mit den Worten: „Ich fürchte, das geht nicht.“

„Wie bitte?“, fragte Allie. Nach Papoulis Zusicherung kam die Ablehnung vollkommen unerwartet.

„Baba …?“, fragte seine Tochter, und Allie merkte, dass sie genauso verwirrt war über seine Reaktion wie sie selbst.

„Es geht einfach nicht“, erklärte er, und wie ein General, der einen unangenehmen Befehl gegeben hat, drehte er sich auf dem Absatz um und verschwand im Wohnbereich.

Allie und Jeannie folgten ihm. Jeannie wandte sich mit flehendem Blick zu ihr um. In diesem Blick las Allie, wie sehr das Mädchen sich wünschte, dass sie mit ihnen in diesem Haus lebte. Es war ein schönes Gefühl, willkommen zu sein, und wenn auch nur bei einem kleinen Mädchen.

„Mr Andreas", sagte Allie hinter seinem breiten Rücken, „Papouli hat mich hierher gebracht. Er meinte, alle Ärzte hätten hier gewohnt."

„Das stimmt." Jeannie nickte eifrig.

Stavros drehte sich zu Allie um. Er versuchte nicht einmal, das zu leugnen. „Aber es waren Männer." Sein Blick erfasste ihr Gesicht. „Sie sind eine Frau."

Allie verdrehte die Augen und seufzte übertrieben auf. „Ich bin schon die ganzen achtundzwanzig Jahre meines Lebens eine Frau. Warum haben alle in diesem Dorf das Gefühl, mich daran erinnern zu müssen?"

Er zog die Augenbrauen zusammen. „Was meinen Sie denn damit?"

Allie sagte verärgert: „Die Männer im Kafenion waren nicht besonders begeistert von der Vorstellung, dass Kastro eine Ärztin bekommt."

Seine dunklen Augen verengten sich, als würde er über etwas nachdenken. Aber er sagte nur: „Ich an Ihrer Stelle würde keine voreiligen Schlüsse ziehen, Frau Doktor."

„Voreilige Schlüsse –", Allie starrte ihn an, entrüstet über diese Unterstellung. „Mr Andreas, zum einen ziehe ich nie ‚voreilige Schlüsse'. Aber wenn man mir ganz offen mitteilt, dass ich hier unerwünscht bin und dass die Dorfbewohner keine ‚Ärztin' erwartet haben, was soll ich denn denken?"

Einen kurzen Augenblick erwartete Allie, er würde ihr antworten, ihr die ungewöhnliche Situation erklären, die sie in Kastro vorgefunden hatte. Aber das tat er nicht, sondern er atmete tief durch und schwieg. Allie fühlte sich nicht in der Lage, ihm ein paar klärende Worte zu entlocken.

Stavros ergriff die Hand seiner Tochter und zog sie mit sich zur Haustür, die immer noch weit offen stand, wie Allie sie hinterlassen hatte, bevor sie eingeschlafen war. „Es tut mir sehr leid", rief er über die Schulter zurück, „Sie werden sich eine andere Unterkunft suchen müssen."

„Aber Baba." Jeannie zerrte an seiner Hand und zwang ihren Vater so, stehen zu bleiben und sich umzudrehen. „Hast du mir nicht gestern, als wir die Blumen gepflückt haben", sie deutete zu dem Sommerstrauß auf dem Kamin, „gesagt, dass es keine andere Unterkunft für den Doktor gibt?"

„Jeannie." Es war ein Befehl, wie ihn Eltern auf der ganzen Welt ihren Kindern geben. Er bedeutete: „Halte den Mund." Jeannie verstand und gehorchte.

„Entschuldige", murmelte das Mädchen und senkte den Blick. Ihre Ohren wurden vor Verlegenheit ganz rot. Allies Herz flog ihr entgegen. Ihr Vater war ihr gegenüber nicht fair.

Stavros seufzte und starrte auf den gesenkten Kopf seiner Tochter. Allie begriff, dass er seine Tochter sehr liebte und fast alles für sie tun würde. Dass ihm seine Reaktion leid tat, war in seinem Gesicht zu lesen.

Sie beobachtete, wie er seine linke Hand in die Tasche steckte und mit einigen Münzen spielte. Er schien darüber nachzudenken, ob sie nicht doch dableiben könnte. Das las sie in seinen Gesichtszügen, als er sich zu ihr umdrehte.

„Es tut mir wirklich sehr leid. Aber ich glaube nicht, dass Kastro der richtige Ort für Sie ist. Es ist sehr abgelegen und wir haben hier mit Problemen zu kämpfen, von denen ein Stadtmensch keine Vorstellung hat", beharrte er.

Aber so schnell gab sich Allie nicht geschlagen. Unter seiner scheinbaren Entschlossenheit spürte sie sein Zögern. Sie wusste ihre Menschenkenntnis zu nutzen. „Mr Andreas, ich habe einen Jahresvertrag mit der Landärztlichen Vereinigung abgeschlossen, der mich verpflichtet, hier in diesem Dorf zu arbeiten. Ich werde dieses Jahr hier bleiben, auch wenn ich in der Praxis wohnen und auf dem Untersuchungstisch schlafen müsste."

Jeannies Blick suchte den ihres Vaters. „Aber sie kann da nicht wohnen! Da gibt es doch nicht einmal einen Tzaki für den Winter. Baba …", bettelte sie, und Allie spürte, wie verblüfft der Lehrer war, dass seine Tochter sich so für sie einsetzte. Sie wollte unbedingt, dass sie in ihre leer stehende Wohnung einzog. Unwillkürlich fragte sich Allie, was mit der Mutter des Mädchens war. Die Männer im Kafenion hatten gesagt, der Lehrer sei alleinstehend. War er geschieden oder gar Witwer?

Allie beobachtete, wie sein Blick weicher wurde, als er seine Tochter ansah. Dieses Mädchen war der wichtigste Mensch in seinem Leben. Sie wusste es, weil auch ihr Vater sie und ihren Bruder so angeblickt hatte.

„Jeannie", sagte er sanft, „bitte geh in dein Zimmer, bis ich dich rufe. Ich möchte gern mit der Frau Doktor allein sprechen."

Mit hängenden Schultern und gesenktem Kopf trottete Jeannie zur Holztür, die sich rechts vom Schreibtisch befand, öffnete sie und verschwand. Allie riss die Augen auf.

Verwirrt starrte sie den Vater des Mädchens an. „Ich dachte … ich meine … ich nahm an … ist das nicht das Bad?"

„Ja", erwiderte er, und Allie war nun vollkommen perplex.

Sie öffnete den Mund, um zu fragen, was er meinte, schloss ihn aber sofort wieder und schluckte die Frage hinunter. Sie war sich nicht sicher, ob sie es tatsächlich wissen wollte.

„Das ist der Grund, warum Sie nicht hier wohnen können."

„Was meinen Sie?"

Er ging hinüber und öffnete die Tür. „Unsere Wohnungen sind durch diesen zentralen Flur miteinander verbunden", erklärte er.

Allie steckte ihren Kopf durch die Tür. Er schaltete das Licht an und sie sah, dass von dem Flur drei Türen abgingen.

„Wir können unsere Türen doch abschließen", erwiderte Allie. Das erschien ihr nur logisch. „Es ist, als würden wir in einem Wohnkomplex wohnen."

„Abgesehen von der Tatsache", erklärte er mit der Ernsthaftigkeit eines Immobilienmaklers, der eine Wohnung vorführt, „dass es in diesem Haus nur ein Badezimmer gibt."

Kapitel 5

„Es geht einfach nicht, dass wir das Bad gemeinsam benutzen."

„Aber warum nicht?"

Er stieß einen tiefen Seufzer aus und fuhr sich mit der Hand durch die Haare. „Sehen Sie. Sie kommen aus der Stadt und Ihre Vorstellungen sind vielleicht moderner als meine, aber ich bin da eben anders. Mir gefällt die Vorstellung, mein Bad mit einer Frau zu teilen, eben nicht."

Um etwas Zeit zu gewinnen, fragte sie: „Hmm, haben Sie etwas dagegen, wenn ich mir die Hände wasche? Seit ich im Dorf angekommen bin, hatte ich noch keine Gelegenheit dazu."

Er räusperte sich unbeholfen und trat einen Schritt zurück. „Natürlich nicht."

„Können wir später weitersprechen?"

„Ich glaube nicht, dass wir uns noch viel zu sagen haben."

„Ich denke doch."

Er zuckte die Achseln. „Kommen Sie hinüber in meine Wohnung, wenn Sie sich frisch gemacht haben." Er drehte sich um, öffnete die Tür, durch die seine Tochter vermutlich ein paar Augenblicke zuvor gegangen war, und verschwand. Die Tür zog er mit einem leisen Klicken hinter sich zu.

Seufzend betrat Allie das Bad. Die Ausstattung des Badezimmers mit Marmor und Holz war alles andere als traditionell. Es war modern und makellos sauber, anders als Allie es erwartet hatte.

Sie hatte gehört, dass es in manchen Dörfern noch kein fließendes Wasser und nur Toilettenhäuschen im Freien gab.

Diese Vorstellung ließ sie erschaudern, und der Gedanke, dass es in ihrer Praxis nur ein Waschbecken gab, noch dazu ein sehr schmutziges, und einen Esel im Garten, wo sich vermutlich das Toilettenhäuschen befand, stärkte ihre Entschlossenheit, in dem Haus des Lehrers ihre Zelte aufzuschlagen, um so mehr. Sehr viel mehr.

Stavros dagegen war fest entschlossen, Dr. Allie Alexander auf keinen Fall in seinem Haus wohnen zu lassen. Er stand in der Küche am Fenster und starrte zur Burg hinauf.

Beim Anblick der offen stehenden Tür zu der kleinen Einliegerwohnung, die er und seine Tochter immer „die Wohnung des Doktors" nannten, hätte er nie erwartet, die hübsche Frau aus dem Bus wenige Stunden später hier vorzufinden.

Das hatte ihn umgeworfen.

Aber diese Frau konnte nicht in seinem Haus wohnen. Das war klar.

Trotzdem fragte er sich, wieso die erste Frau, die seit langen Jahren sein Interesse geweckt hatte, ausgerechnet die Frau sein musste, die von Berufs wegen das Recht hatte, in der Einliegerwohnung zu wohnen. Nie wäre er auf den Gedanken gekommen, dass sie die neue Ärztin von Kastro war, als er sie durch das Busfenster gesehen hatte.

Wenn es nach ihm ginge, dürfte sie nicht in Kastro bleiben. Er hatte zu hart gearbeitet, um für sich und seine Tochter ein Leben aufzubauen. Er wollte sich das nicht durch eine Frau zerstören lassen. Schon gar nicht durch eine Städterin, eine Frau, die nur für ein paar Monate hier bleiben würde – höchstens ein Jahr, wenn sie gewissenhaft war, und dann wieder ginge. Nein. Das ging nicht. Nicht noch einmal.

„Baba ..." Jeannies Stimme riss ihn aus seinen Gedanken. Er drehte sich zu ihr um. Zögernd stand sie in der Tür ihres Zimmers, ihre kleine Siamkatze fest an sich gedrückt. Selbst nach neun Jahren erstaunte es Stavros immer noch, dass sie tatsächlich seine Tochter war. Er war gern ihr Baba, ihr Vater. Sie war sein Ein und Alles.

Lächelnd streckte er ihr die Arme entgegen. „Komm her."

Mit strahlendem Gesicht setzte Jeannie die Katze auf den Boden, rannte über den Holzfußboden in die offenen Arme ihres Vaters. „Oh Baba … ich hab dich lieb."

„Und ich habe dich lieb, Pumpkin." Jeannie war für ihn der wichtigste Mensch auf der Welt. Er würde alles tun, um ihr ein schönes Leben zu ermöglichen.

Und er hatte bereits einiges geopfert.

Er hatte seine angesehene Position als Universitätsprofessor in den Staaten aufgegeben, um Dorfschullehrer zu werden, damit er sich selbst um sie kümmern konnte und er sie nicht die Woche über in die Obhut einer Tagesmutter geben musste, bis sie erwachsen war. Diese Entscheidung hatte er nie bereut.

Ihre Mutter hatte sie verlassen.

Das würde er nie tun.

„Baba …" Sie löste sich aus seinen Armen und kletterte auf die Arbeitsplatte. Das war ihr Stammplatz schon lange bevor sie für immer in Stavros' früheres Elternhaus gezogen waren. Seine Familie hatte das alte Haus als Sommerhaus genutzt, bevor er es renoviert hatte und sie auf Dauer hier eingezogen waren. Den Sommer hatten Jeannie und er sowieso immer hier verbracht. Abgesehen von dem ersten Mal waren er und seine Tochter allein gekommen. Seine Frau hatte das Landleben nicht gemocht, und nach jenem ersten Sommer hatte sie sie nicht mehr begleitet.

„Was ist, Pumpkin?", fragte er, obwohl er genau wusste, was sie beschäftigte.

„Bitte … bitte …" Sie kniff die Augen zusammen, wie sie es immer tat, wenn sie sich etwas sehnlichst wünschte. Schließlich blickte sie ihn mit ihren großen Augen an und brachte ihre Bitte vor. „Lass die Ärztin hier wohnen."

Stavros lächelte. Das gehörte zu den vielen Dingen, die er am Vatersein und an der Arbeit mit Kindern liebte. Er konnte sich immer darauf verlassen, dass sie aussprachen, was sie beschäftigte. Er wusste nicht, wie er ihr erklären sollte, warum er nicht wollte, dass die Ärztin bei ihnen wohnte. Die einzige Erklärung dafür war, dass er sich von der Frau angezogen fühlte, aber das konnte er ihr natürlich nicht sagen.

Jeannie fuhr fort. Dass er nicht sofort nein sagte, ermutigte sie offensichtlich. „Ich habe gehört, wie ihr euch unterhalten habt“, erklärte sie und gab damit zu, gelauscht zu haben. „Und ich weiß, du denkst, das Bad könnte zum Problem werden. Aber wir können uns doch ein Signal oder so etwas überlegen, damit wir wissen, wenn es besetzt ist“, beendete sie ihre Ausführungen mit einer Logik, die Stavros unwillkürlich mit Stolz erfüllte.

Er streckte die Hand aus, löste ihren Pferdeschwanz und band ihn neu, um die Strähnen einzufangen, die sich seit dem Morgen gelöst hatten. „Warum willst du denn unbedingt, dass sie hier wohnt?“, fragte er. Das interessierte ihn tatsächlich.

„Weil ich sie mag. Sie ist sehr nett“, antwortete Jeannie wie aus der Pistole geschossen. „Und außerdem ist es die Wohnung des Doktors. Die Ärzte von Kastro haben immer hier gewohnt.“

„Das stimmt“, gestand er, doch als er das Band um die dicken Haare seiner Tochter wickelte, dachte er, dass die anderen Ärzte nicht hübsche jungen Frauen gewesen waren, zudem noch attraktiver.

„Und außerdem möchte ich, dass auch mal ein Mädchen nebenan wohnt“, fuhr sie fort. Diese Aussage verblüffte Stavros.

Er blickte sie fragend an. „Was meinst du damit?“

„Die anderen Ärzte waren Männer wie du. Jetzt bin ich mal an der Reihe, dass jemand hier wohnt, der eine Frau ist.“

Stavros verzog spielerisch die Lippen und tippte seiner Tochter auf die Nasenspitze. „Wie du, meinst du?“

„Ba…ba…, wie ich einmal sein werde“, korrigierte sie. Sie war leicht genervt darüber, dass sie ihm das Offensichtliche erklären musste. Sie legte beide Hände an seine Wangen. Das tat sie nur, wenn sie sich seine volle Aufmerksamkeit wünschte. Diese Geste zwang ihn, ihr in die Augen zu blicken. Braune Augen, ein Spiegelbild seiner eigenen. „Bitte, Baba. Bitte lass sie bei uns wohnen!“

„Lass sie bei uns wohnen …“ Er wusste nicht, ob er ihr diesen Wunsch erfüllen konnte, aber er war froh darüber, dass er jetzt er-

fahren hatte, wie sehr sie sich ein weibliches Gegenüber, wie sehr sie sich eine Mutter wünschte. Es war ein bittersüßes Wissen, denn eine Mutter konnte Stavros ihr nicht geben.

Niemals.

Seine Frau hatte ihn tief verletzt. Selbst nach so langer Zeit war die emotionale Wunde immer noch nicht verheilt und Bitterkeit und Schuldgefühle sickerten daraus hervor in sein kaltes Herz. Dass seine Frau vor Kurzem auf einer Geschäftsreise gestorben und er somit offiziell Witwer war, hatte daran nichts geändert, im Gegenteil. Stavros glaubte an die Ehe, „bis der Tod euch scheidet", und er konnte sich nicht vorstellen, noch einmal eine Beziehung einzugehen, die dann vielleicht ebenfalls scheiterte. Und auf keinen Fall sollte Jeannie so etwas erleben. Sie war noch zu klein gewesen, um wirklich zu begreifen, dass ihre Mutter sie nicht gewollt hatte, dass die Frau sie beide unmittelbar nach der Geburt des Kindes verlassen hatte. Mit neun Jahren konnte Jeannie verletzt werden, tief verletzt. Das wollte er nicht zulassen, niemals.

Obwohl der Mann in ihm sich wünschte, Allie Alexander besser kennenzulernen, musste er sich vor Augen halten, dass sehr viel gegen sie sprach. Sie war Ärztin, übte ihren Beruf aus, genau wie seine Frau, die Rechtsanwältin. Und sie kam aus der Stadt, wie seine Frau.

„Ba...ba..." Ungeduldig riss Jeannie ihn aus seinen Gedanken.

Er nahm die schlanken Hände seiner Tochter von seinem Gesicht und murmelte: „Wir werden sehen." Mehr konnte er ihr nicht versprechen. Zum Glück schien ihr das für den Augenblick auszureichen.

„Okay." Sie sprang von der Arbeitsplatte herunter und rannte zur Haustür.

„Wo willst du hin?", fragte er. Zu den Dingen, die er am Landleben besonders liebte, gehörte auch, dass das Dorf ein Kinderparadies war. Alle im Dorf hatten ein Auge auf die Kinder, egal, zu wem sie gehörten. Hier waren sie sicher.

„Eva und ich wollen Feigen für Papouli pflücken. Er mag die Feigen von unserem Baum oben bei der Quelle." Sie griff nach dem Korb, der neben der Tür bereitstand. „Außerdem“, rief sie über die Schulter zurück, „willst du denn nicht mit der Ärztin reden … allein?“

Stavros musste über den ersten Versuch seiner Tochter, ihn zu verkuppeln, lächeln. Doch als sie zur Tür hinausrannte und er nachdenklich den Blick zu den Mauern der Burg oberhalb seines Hauses wandte, war ihm aus den Erfahrungen der Vergangenheit klar, dass sie sich etwas wünschte, das er ihr nicht erfüllen konnte. Er wollte einfach keine berufstätige Frau. Das passte nicht.

Als Allie um die Ecke der Veranda bog, sprang Jeannie gerade mit hüpfendem Pferdeschwanz die Treppe hinunter.

Allie verzog das Gesicht.

Sie hatte gehofft, das kleine Mädchen würde sie unterstützen, wenn sie mit Stavros Andreas sprach. Dieser Wunsch war vielleicht feige, aber Jeannie war ihre Freundin, und Freunde hatte sie nicht viele in diesem Dorf. Außerdem freute sich Allie darauf, dass das kleine Mädchen sie regelmäßig besuchte. Sie hatte immer gut mit Kindern umgehen können und Jeannie und sie hatten sich auf Anhieb verstanden.

Zwei Schwalben, die mit derselben Fröhlichkeit, die Allie an Kindern so liebte, am Abendhimmel Fangen spielten, fesselten ihren Blick. Er wanderte weiter zu dem Haus mit den blauen Fensterläden neben der byzantinischen Kirche in der Mitte des Dorfes.

Papouli war auch ein Freund, und das Wissen, dass er wollte, dass sie im Haus des Lehrers wohnte, stärkte ihre Entschlossenheit. Nichts – nicht ihr pochendes Herz, ihre Fantasievorstellungen und nicht einmal der dunkeläugige Mann, der sie seit dem ersten Augenblick faszinierte – würde sie davon abhalten, dieses Ziel zu erreichen.

Sie würde gelassen und professionell auftreten und sie würde sich durchsetzen.

Die Tür zur Wohnung des Lehrers stand offen. Sie atmete tief durch, mahnte sich zur Ruhe und wollte gerade am Türrahmen anklopfen. Doch als sie Stavros Andreas in der Küche entdeckte und sah, wie er nachdenklich zum Fenster hinausstarrte, hielt ihre Hand mitten in der Bewegung inne. Sie gestattete sich, ihn genauer zu betrachten.

Er war groß und stattlich. Sein Haar war dicht und fiel ihm locker in die breite Stirn. Und seine Hände waren lang und schmal und perfekt geformt.

Aber dass sie ihn beobachtete, ohne dass er es merkte, war alles andere als professionell. Sie wollte sich jetzt endlich bemerkbar machen und anklopfen. Doch unvermittelt wirbelte Stavros herum. Allie zuckte verblüfft zurück.

Er funkelte sie an, als wäre sie ein Dieb, den er auf frischer Tat ertappt hatte. Und ganz plötzlich kam Allie die Erkenntnis, dass er sie als einen Eindringling in sein Leben betrachtete. Diese Erkenntnis war auf die Erfahrungen ihrer Arbeit mit Menschen gegründet, mit Menschen, die Schmerzen hatten.

Sie war fasziniert.

Auch wenn Stavros sie erwartet hatte, war es ein Schock, sie dann tatsächlich vor seiner Tür stehen zu sehen.

Sie hatte sich ein Sommerkleid angezogen und trug Sandalen, aus denen ihre rosa lackierten Zehennägel hervorschauten. Ihre Haare hatte sie wieder zu einem Zopf geflochten, ein kompliziertes Kunstwerk, das er mit Jeannies Haaren sicher nie zustande brächte. Zöpfe waren praktisch. Dieser Zopf nicht. Er war ein Kunstwerk, und sie war eine atemberaubende Frau.

Aber es war nicht nur das. Sie hatte etwas an sich, eine Anmut, eine Klasse und noch etwas anderes, das er nicht so richtig benennen konnte – vielleicht war es, dass sie einen tiefen inneren Frieden ausstrahlte –, das zusammen mit der Entschlossenheit in ihren Augen, mit ihrer Weichheit, eine Frau ausmachte, die –

Die er keinesfalls in seinem Haus wohnen lassen konnte.

Bisher hatte Stavros seiner Tochter nur selten einen Wunsch abgeschlagen, aber diesen konnte er ihr einfach nicht erfüllen.

Sie legte den Kopf zur Seite und fragte mit ruhiger Stimme etwas brüsk: „Hallo, darf ich hereinkommen?" Diese Frage zerrte an Stavros' bereits angespannten Nerven. Diesen Tonfall konnte er nicht ausstehen. Er erinnerte ihn an die hochnäsige Art seiner Frau und verärgerte ihn nicht nur, sondern brachte ihm auch alle seine Vorbehalte wieder zu Bewusstsein. Er bestärkte ihn in seiner Entschlossenheit, diese Frau nicht in seinem Haus zu dulden.

Er kam um die Küchentheke herum, um dieses Gespräch so schnell wie möglich zu beenden. „Bitte", sagte er und forderte sie mit einer Handbewegung auf, hereinzukommen und Platz zu nehmen.

Als Allie Platz genommen hatte, schlug sie die Beine übereinander und blickte zu ihm hoch. Doch ganz schnell wandte sie den Blick wieder ab. In seiner Gegenwart fühlte sie sich wie ein errötender Teenager. Seit der Highschool, seit Dale hatte sie dieses Gefühl nicht mehr gehabt.

Lieber Dale ... ein Junge, dessen gerahmte Fotos sie in jeder Wohnung aufgestellt hatte, die sie je bezogen hatte. Dale blieb jung und seine Fotos würden auch in der Wohnung nebenan stehen. Falls sie ihr Heim würde. „Kann ich Ihnen etwas zu trinken anbieten, oder vielleicht ein paar Weintrauben mit Käse?", fragte Stavros. Dass er sich von ihr sein Leben nicht durcheinanderbringen lassen wollte, war eine Sache. Aber sie hatte einen anstrengenden Tag hinter sich, und bestimmt brauchte sie eine Erfrischung. Zwei Mächte kämpften in ihm um die Vorherrschaft. Einerseits wollte er sie aus seinem Leben verbannen, aber er spürte auch das Bedürfnis, für sie da zu sein.

„Mr Andreas, ich würde sehr gern hier wohnen", sagte sie und klopfte auf das Sofa, auf dem sie saß. Sie zuckte zusammen, als sein Blick auf ihre Hand fiel.

„Tatsächlich?", fragte er und zog die Augenbrauen in die Höhe.

Schnell deutete sie mit der Hand zu der Wohnung nebenan. „Ich meine –"

„Ich weiß, was Sie meinen." Er lächelte. Er war froh, dass ihr Versprecher die Spannung, die sich zwischen ihnen aufgebaut hatte, zumindest etwas löste.

Zum ersten Mal seit der Begegnung mit ihr fühlte er sich entspannt. Er nahm die Schale mit den Weintrauben von der Theke und stellte sie vor sie auf den Couchtisch.

Wie peinlich, dachte Allie. Normalerweise passierten ihr solche Versprecher nicht. Sie griff nach einer Weintraube. Ihr süßer, erfrischender Saft war wie Nektar in ihrem ausgedörrten Mund und erinnerte sie daran, dass sie hier und jetzt Gott diese Situation anbefehlen konnte.

Lieber Herr, bitte hilf mir, die richtigen Worte zu finden.

Und sofort spürte sie, wie der Geist Gottes sie umgab, wie schon so oft in der Vergangenheit.

Innerlich gestärkt, blickte sie den Lehrer an und nahm sich noch eine Weintraube. „Mmm ... die schmecken köstlich", murmelte sie.

„Sie kommen aus meinem Weinberg."

„Tatsächlich." Allie warf ihm einen Blick zu und interpretierte seine Bemerkung als freundlichen Smalltalk. Bisher hatten sie noch gar keine Gelegenheit gehabt, freundlich miteinander zu plaudern. Sie ging schnell darauf ein. „Das gehört zu den Dingen, die mir am Landleben gefallen. Es ist den realen Dingen des Lebens so nah, den guten Dingen der Welt, die Gott uns gegeben hat –"

„Dr. Alexander." Die Verärgerung in seinen Gesichtszügen war nicht zu übersehen. „Ich glaube nicht, dass Ihnen alles gefallen wird, was zum Landleben gehört. Es gibt viel mehr als hübsche Berge und –", er deutete auf die Schale mit Weintrauben, „frisch gepflückte Früchte."

„Mr Andreas, glauben Sie mir, das weiß ich. Es gibt Krankheit und Leid und –", sie hielt inne und lächelte ihn zögernd an, „Häuser ohne Bäder." Sie hoffte, dass er auf ihren sanften Humor reagieren würde.

Das tat er nicht.

„Das und viel mehr", stimmte er mit eisiger Stimme zu. Er bemühte sich nicht einmal, freundlich zu sein. „Dinge, die Sie sich nicht einmal vorstellen können, wenn Sie nicht hier leben."

Seufzend erhob sie sich und trat ans Fenster. Sie blickte zu den dicken Mauern der Burg hinauf, bevor sie sich ihm wieder zuwandte. „Mr Andreas, niemand hat mich gezwungen, nach Kastro zu kommen. Ich wollte herkommen. Ich weiß, dass mir einiges am Dorfleben vermutlich nicht gefallen wird. Aber auch am Stadtleben gefällt mir vieles nicht." Sie winkte ab, um das Thema zu beenden, ohne zu merken, wie sehr diese selbstbewusste Geste den Mann vor ihr gegen sie aufbrachte. „Aber darum geht es nicht. Wie ich Ihnen bereits sagte, habe ich einen Jahresvertrag unterzeichnet, und ich werde nicht gehen, bis ich ihn erfüllt habe. Mein einziges Problem ist jetzt, eine Unterkunft zu finden."

Stavros war ziemlich sicher, dass dies nicht ihr einziges Problem sein würde. Während der drei Jahre, die er bereits im Dorf lebte, war ihm klargeworden, dass die Bewohner Kastros ein Mikrokosmos waren, mit allen Emotionen der Menschen, die dicht beieinander wohnten. Im Augenblick gab es Probleme im Dorf. Große Probleme. Er vermutete, dass auch sie das bereits gemerkt hatte – der frostige Empfang hatte sie bestimmt dafür sensibilisiert.

Gegen seinen Willen wuchs sein Respekt vor ihr. Vermutlich würde sie, wenn er ihr nicht seine Einliegerwohnung überließ, in der Praxis wohnen. Und das würde Jeannie ihm nie verzeihen.

Er sah sie an.

Sie sah ihn an.

Es war eine Kraftprobe.

Schließlich winkte er sie zurück auf das Sofa. Sie ging hinüber und nahm Platz. Er griff neben sich, nahm eine der Modepuppen seiner Tochter zur Hand und spielte damit, während er weitersprach. „Ich wusste gar nicht, wie sehr meine Tochter eine Frau in ihrer Nähe vermisst. Die Schule beginnt in Kürze und ich werde sehr beschäftigt sein. Meiner Tochter zuliebe können wir ja versuchen, ob Sie hier leben können." Er deutete mit der Hand zur Einliegerwohnung hinüber und ärgerte sich darüber, dass er denselben Fehler gemacht hatte wie sie. „Ich meine, *dort*. Mir liegt viel daran, dass Jeannie glücklich ist. Sie soll das Gefühl haben, dass sie in Ihnen eine Freundin gefunden hat." Er hielt inne. „Habe ich mich klar ausgedrückt?"

Er beobachtete, wie sich ihre Augenbrauen zu einem fragenden Stirnrunzeln zusammenzogen. „Mal sehen, ob ich das richtig verstanden habe. Sie sagen also, Sie lassen mich nur hier wohnen, wenn ich Ihrer Tochter eine Freundin bin?"

„Genau."

„Mr Andreas, ich bin diejenige, die Freunde hier in Kastro dringend nötig hat. Ich fühle mich geehrt, wenn Ihre Tochter mich als Freundin betrachtet."

„Gut." Genau das wollte Stavros hören. Er erhob sich und streckte ihr die Hand entgegen. „Dann ist das abgemacht." Aber als er ihre Hand berührte, war er gar nicht mehr so sicher, ob seine Entscheidung richtig gewesen war.

Allie dagegen war überglücklich. Sie schickte ein stummes Dankgebet zu Gott, dass er das Herz dieses Mannes zu ihren Gunsten erweicht hatte.

Jetzt hatte sie ein Heim in Kastro.

Kapitel 6

In dem Haus mit den blauen Fensterläden neben der Kirche wohnte eine der nettesten Familien, die Allie je kennengelernt hatte. Und in Papoulis Töchtern Martha und Natalia fand Allie zwei weitere Freundinnen in Kastro.

„Du glaubst gar nicht, wie froh wir sind, dass du hierher gekommen bist“, sagte Martha, als sie eine Mokkatasse mit aromatischem griechischen Kaffee vor Allie auf den Esstisch stellte. Allie staunte darüber, wie schnell ihr das von der Hand ging, ohne einen Tropfen zu verschütten. Martha war eine zierliche fröhliche Frau voller Energie, immer in Bewegung und immer bemüht, dafür zu sorgen, dass alle in ihrer Umgebung glücklich waren.

Ihre Schwester Natalia nickte zustimmend. „Jetzt, wo du hier bist, bin ich viel ruhiger, wenn ich Baba“ – die bemerkenswert blauen Augen der jungen Frau richteten sich auf ihren Vater – „und Martha allein lasse.“

Allie lächelte Natalia an. Ihr Aussehen verblüffte sie noch immer. Als Papouli ihr seine Töchter vorstellte, hatte Allie sich über ihre Gegensätzlichkeit gewundert. Martha war eine einfache, bodenständige, gut aussehende Frau, die Allie auf etwa vierzig Jahre schätzte. Sie war das Ebenbild ihres Vaters. Bei Natalia dagegen hatte man den Eindruck, als sei sie gerade einem Modeheft entstiegen. Groß und schlank, sah sie atemberaubend aus und umso mehr, weil sie sich ihrer Schönheit überhaupt nicht bewusst zu sein schien, einer Schönheit, die, wie Allie sofort bemerkte, ein Spiegelbild ihrer Seele war.

Nachdem sie einen Schluck ihres starken Kaffees genommen hatte, fragte Allie Natalia: „Freust du dich, nach Athen zu gehen?“

„Ich kann es kaum erwarten!", rief die junge Frau begeistert. Die Abenteuerlust funkelte in ihren ausdrucksvollen Augen.

„Natalia wollte schon immer in die große weite Welt ziehen", erklärte Martha. Sie lächelte ihre jüngere Schwester liebevoll an. „Unsere Mutter wusste das bereits, als Natalia noch ein kleines Mädchen war, und vor ihrem Tod ließ sie uns" – sie deutete auf ihren Vater und sich – „versprechen, dass wir unsere Natalia ziehen lassen, wenn die Zeit gekommen ist."

„Keine Sorge", flüsterte Natalia und griff zuerst nach der Hand ihrer Schwester, dann nach der ihres Vaters. Allie spürte die Liebe, die sie verband. „Ich komme zurück."

„Du wirst den Weg gehen, den Gott für dich vorbereitet hat, mein Liebes." Papouli tätschelte seiner Tochter die Hand. „Das ist, was ich mir für dich wünsche."

„Lieber Baba ..." Die junge Frau rieb ihre weiche Wange an seiner schwieligen Hand. „Du bist der beste Vater, den sich ein Kind wünschen kann."

Allie trank einen Schluck Kaffee, und während sie sich den Geräuschen der Sommernacht hingab – das Klacken des Backgammonbrettes in einem Nachbarhaus, das Bellen eines Hundes in der Ferne, das Zirpen der Grille in einem Walnussbaum –, wurde Allie klar, dass sie hier eine Familie erlebte, wie Gott sie beabsichtigt hatte. Eine Familie, deren Mitglieder einander liebten und füreinander da waren.

Eine solche Familie wünschte sich Allie. Sie und ihr Bruder Alex liebten einander und hatten sich als Kinder sehr nahe gestanden, aber zu viel Zeit war inzwischen vergangen. Sie kannten sich gar nicht mehr richtig. Den Tod ihres Vaters unmittelbar nach Dales Tod hatte Alex nicht verkraften können. Dale war sein bester Freund gewesen. Kurz darauf hatte Alex die Heimat verlassen und Allie war seinem Beispiel gefolgt. Jetzt hatten sie kein Zuhause mehr, wo sie sich treffen konnten. Während sie diese drei Menschen vor sich betrachtete, hoffte Allie, dass Natalia und Martha sich nie auseinanderlebten.

„Willst du dir eine Wohnung mieten oder in einem Wohnheim

wohnen?", fragte Allie schnell, um ihre Gedanken in eine andere Richtung zu lenken. Die Familie hatte ihr erzählt, dass Natalia eine Kunstschule in Athen besuchen würde. Allie fand, dass das zu ihr passte.

„Oh nein. Ich werde bei meiner anderen Schwester wohnen."

„Deiner anderen Schwester?" Allie wandte sich verblüfft zu Papouli um. „Ich wusste gar nicht, dass Sie noch mehr Kinder haben."

Die Augen des Priesters funkelten, als er stolz verkündete: „Ich habe sechs Kinder, drei Mädchen und drei Jungen."

„Und sechs Enkel", ergänzte Martha.

„Und zwei Urenkel!", beendete Natalia.

„Papouli!" Allie war verblüfft. „Das ist ja wundervoll!"

Der alte Priester strahlte. „Ich liebe Kinder. Meine Frau war um einiges älter als ich, sonst hätten wir nach Martha noch mehr Kinder bekommen. Zum Glück kam Natalia zu uns."

Allie blickte von einer Schwester zur anderen, und jetzt begriff sie auch, warum sie sich so gar nicht ähnlich sahen. „Sie meinen –?"

„Unsere Natalia war ein direktes Geschenk von Gott." Martha bestätigte, dass Natalia adoptiert worden war. Sie drückte die lange, schlanke Hand ihrer Schwester.

„Ein Geschenk, das in einem Korb zu uns kam", führte Papouli näher aus. Aus der Art, wie er seine Augen zusammenzog, schloss Allie, dass er sich an die Zeit erinnerte, als seine Tochter zu ihnen gekommen war. „Meine Frau hatte gerade erfahren, dass sie an einer sehr schweren Krankheit litt."

Mit dem Interesse einer Ärztin legte Allie den Kopf fragend zur Seite.

Papouli flüsterte ihr die Krankheit zu, und auf Allies verständnisvollen Blick hin fuhr er fort. „Wir standen an der Bushaltestelle und warteten auf den Bus nach Kastro. Wir waren sehr traurig, und die ganze Zeit betete ich um ein Wunder. Ich betete, Gott möge meine liebe Frau, meine liebe Talia, irgendwie heilen ..." Er blickte Natalia an und lächelte sie an. In seinen klugen Augen schimmerte eine Liebe, die sich ein Kind von seinem Vater nur wünschen kann. „In diesem Augenblick hörte ich Natalia schreien. Sie rief nach uns."

„Jemand hatte sie ausgesetzt – ein winzig kleines Baby, in einem Korb an der Bushaltestelle abgestellt", beeilte sich Martha zu erklären, und Allie hörte das Staunen in ihrer Stimme, ein Staunen, das auch nach all den Jahren immer noch da war.

Papouli nickte. „Niemand kam sie holen. Wir blieben eine Woche in der Stadt und suchten nach ihren Eltern –"

„Aber sie konnten meine Eltern nicht finden", ergänzte Natalia leise. Diese Geschichte erschien Allie beinahe wie ein Märchen. „Denn meine Eltern hatte mich gerade in jenem Korb gefunden. Einem Mädchen kann gar nichts Besseres passieren, als zu einer so wundervollen Familie zu gehören."

Papouli lächelte sie an. „Gott hat mein Gebet erhört, indem er uns Natalia finden ließ. Die Ärzte hatten meiner Frau nicht länger als ein, höchstens zwei Jahre gegeben. Aber wegen Natalia und weil Talia ihrem blonden Kind eine Mutter sein wollte, lebte sie noch weitere zehn Jahre. Zehn wundervolle Jahre."

„Darum denken wir, dass wir nicht das Recht haben, traurig darüber zu sein, dass Natalia uns morgen verlässt", beendete Martha diese unglaubliche Geschichte. „Für uns ist es ein Geschenk, dass sie die vergangenen achtzehn Jahre bei uns gewesen ist."

„Und ich glaube", sagte Natalia und legte ihre Hand auf Allies Arm, „dass dein Kommen nach Kastro, Yatrinna, ebenfalls ein Geschenk ist." Auf Allies verblüfften Blick hin begann das hübsche Mädchen zu lachen, ein glockenhelles Lachen, bevor sie fortfuhr. „Auch wenn ich weiß, dass ich gehen muss, macht mir die Vorstellung, meine Schwester und meinen Vater zu verlassen, wirkliche zu schaffen. Aber nun, da du hier bist, kann ich gehen, weil ich weiß, dass Martha", mit einem neckenden Funkeln in ihren Augen blickte sie zu Martha hinüber, „jemanden hat, den sie sicherlich bemuttern kann."

Allie wandte sich Martha zu. „Ich glaube nicht, dass Martha so alt ist, dass sie meine Mutter sein könnte, Natalia", murmelte sie. Die Situation war ihr für die ältere Frau peinlich.

Aber das war nicht nötig. Martha machte das überhaupt nichts aus. „Oh, meine Liebe, das stimmt aber! Ich bin fünfzig!"

„Fünfzig!", fragte Allie verblüfft. Martha sah mindestens zehn Jahre jünger aus.

Papouli beugte sich vor und fragte mit der Begeisterung eines Kindes, das ein Spiel spielt: „Und wie alt schätzen Sie mich?"

Allie blickte ihn an und lachte halbherzig. Sie war sicher, dass ihre erste Einschätzung seines Alters vollkommen falsch war. Sie schüttelte den Kopf. „Ich weiß es nicht. Als ich Sie das erste Mal traf, habe ich Sie um die Sechzig geschätzt." Allerdings entsprach ihre zweite Einschätzung, dass er in gewisser Weise alterslos war, wohl eher der Wahrheit. „Sie müssen etwas älter sein. Es sei denn, Sie haben alle Ihre Kinder adoptiert."

„Ha!" Papouli lachte, lehnte sich zurück und schlug mit der Hand auf sein knochiges Knie, bevor er stolz verkündete: „Ich bin neunundsiebzig!"

„Papouli!" Allie freute sich sehr darüber, dass er keine Angst vor dem Ticken seiner biologischen Uhr hatte, sondern vielmehr stolz da-rauf war, dass er sein Alter genießen konnte. „Neunundsiebzig. Das Wasser hier muss sehr gesund sein, dass ihr alle so jung aussieht."

Da sie, wie alle Dorfbewohner, stolz auf ihr Wasser waren, gefiel ihnen Allies Äußerung. Papouli erklärte: „Allerdings werden wir hier in Kastro mit Quellwasser versorgt, das aus den hohen Bergen zu uns kommt. Aber das ist es nicht, was uns jung hält. Es ist unser Glaube, dass Gott uns jeden Tag richtig führen wird und dass hier Menschen leben, seien es Familienmitglieder oder Freunde, die sich gegenseitig lieben und füreinander da sind."

Allie schüttelte den Kopf. „Dann werde ich wohl nicht so lange jung aussehen." Doch als sie ihre enttäuschten Gesichter bemerkte, fuhr sie schnell fort: „Oh, sicher, ich habe viel gebetet und ich bin fest davon überzeugt, dass Gott mich hier haben möchte", erklärte sie. „Aber abgesehen von euch drei und der kleinen Jeannie Andreas scheine ich hier unerwünscht zu sein."

„Pah!" Papouli kippte seinen Stuhl nach hinten. „Geben Sie den Leuten Zeit, Yatrinna. Die Menschen von Kastro sind im Grunde genommen gut. Es gibt hier nur einige Probleme, die sie für sich klären müssen. Probleme, die mit Ihnen gar nichts zu tun haben", erklärte er.

„Aber sie sind so unfreundlich. Ist es, weil ich eine Frau bin?" Sie glaubte eigentlich nicht, dass das der Kern des Problems war, aber sie hoffte, auf ihre Frage eine Antwort zu bekommen.

Papouli lächelte und zeigte seine beinahe perfekten Zähne. „Nein, Yatrinna, dass Sie eine Frau sind, hat damit überhaupt nichts zu tun. Das Problem sind wirklich nicht Sie. Es ist etwas, das viele Jahre zurückreicht." Er zog seine grauen Augenbrauen zusammen und zupfte nachdenklich an seinem langen Bart. „So weit, dass nicht einmal *ich* mich richtig daran erinnere –"

„Papouli!" Der fröhliche Ruf eines kleinen Mädchens unterbrach ihn, und alle am Tisch drehten sich um. Jeannie Andreas kam die Treppe hochgehüpft. In der Hand hielt sie einen Korb mit grünen Blättern.

Doch als Allies Blick auf den Mann fiel, der dem Mädchen folgte, gefror ihr Lächeln. Und ihr Herz begann schneller zu pochen. Ob es aber ein warnender oder froher Herzschlag war, konnte sie nicht sagen.

Als Jeannies Vater sie entdeckte, hielt er mitten in der Bewegung inne. Es war ein kaum merkliches Zögern; scheinbar war er nicht glücklich darüber, sie auf Papoulis Veranda vorzufinden.

Überhaupt nicht glücklich.

Allie beobachtete, wie sich sein Gesicht grimmig verzog. Er blickte genauso finster wie am Nachmittag, als er sie im Schlafzimmer seiner Einliegerwohnung entdeckt hatte. Sie fragte sich, ob sie vielleicht dieses Mal auf seinem Stuhl saß, auf seinem Platz auf Papoulis Veranda.

„Willkommen, willkommen." Martha sprang auf und streckte den Neuankömmlingen die Hand entgegen.

„Das sind Feigen! Von unserem Baum an der Quelle", berichtete Jeannie ganz aufgeregt, als sie Martha den Korb reichte. „Eva und ich haben sie gepflückt und sie in die Blätter gewickelt, um sie frisch zu halten, genau wie Sie es uns beigebracht haben, Papouli", sprudelte sie hervor.

„Von dem Baum an der Quelle? Das sind ja meine Lieblingsfeigen!“, rief Papouli. Er konnte wirklich gut mit Kindern umgehen.

„Das weiß ich.“ Jeannie strahlte, weil sie dem alten Priester, den sie über alles liebte, eine Freude gemacht hatte. Doch als sie Allie am Tisch bemerkte, riss sie die Augen auf und hüpfte zu ihr hinüber. „Yatrinna! Ich wusste gar nicht, dass Sie hier sind!“ Und an die anderen Erwachsenen gewandt, sagte das Mächen: „Sie wohnt jetzt nämlich bei uns.“

„In der Einliegerwohnung“, ergänzte Stavros schnell.

Papouli blickte den Lehrer über seine Brille hinweg an. „Aber wo sollte sie denn sonst wohnen?“

Stavros warf dem Priester einen scharfen Blick zu, als hätte Papouli gerade einen Witz erzählt, den Stavros überhaupt nicht lustig fand.

„Setzt euch – setzt euch und trinkt Kaffee mit uns“, forderte Martha die beiden auf. Sofort stellten sie und Natalia zwei weitere Stühle an den Tisch.

„Nein, wir können nicht bleiben“, lehnte Stavros mit einem Blick auf Allie ab.

„Aber Baba“, bettelte Jeannie.

Er ignorierte sie, wandte sich Natalia zu und sagte: „Du hast für morgen sicher noch einiges vorzubereiten. Wir wollten uns nur schnell von dir verabschieden und dir gute Wünsche mit auf den Weg geben.“ Jeannie öffnete erneut den Mund, doch Stavros legte die Hand auf ihre Schulter und drückte sie leicht. Damit brachte er sie zum Schweigen. „Du nimmst den Morgenbus?“

Natalia nickte. „Um 6 Uhr 5.“

Diese Information schien Jeannie abzulenken. „Ich will nicht, dass du weggehst“, jammerte das Kind. Es rannte zu Natalia hinüber und umarmte sie.

„Ich werde dich auch vermissen, Pumpkin.“ Natalia drückte das Mädchen an sich. „Aber jetzt hast du wenigstens die neue Ärztin zur Gesellschaft.“

Jeannie trat zurück und blickte Allie an. Ein Lächeln erhellte ihr Gesicht und verdrängte die Traurigkeit. „Ich weiß. Und darüber bin ich sooo froh." Sie blickte wieder Natalia an. „Aber du versprichst zurückzukommen ... wenigstens zu Besuch?"

„Ich verspreche es", erwiderte Natalia mit der Ernsthaftigkeit, die kleine Kinder mögen. „Aber du musst mir auch versprechen, mich eines Tages zu besuchen."

Jeannies Augen weiteten sich. „Wirklich?"

Natalia nickte. „Wirklich."

Stavros ergriff die Hand seiner Tochter. „Komm jetzt, Pumpkin."

Widerstrebend folgte Jeannie ihm. Ihre hängenden Schultern ließen darauf schließen, dass sie nur ungern mitkam. Doch dann schien ihr etwas einzufallen und ihr Gesicht hellte sich auf. Sie wandte sich zu Allie um und rief: „Ich habe eine Idee! Komm doch mit uns, Yatrinna! Du kennst den Weg noch nicht so gut, und immerhin wohnen wir doch in demselben Haus." Sie lachte das fröhliche Lachen eines Kindes, das sich über eine gute Idee freut.

Aber ihr Vater empfand offensichtlich ganz anders. „Jeannie ..." Seine Worte waren an seine Tochter gerichtet, doch sein Blick wanderte zu Allie, während seine funkelnden Augen ihr die sehr deutliche nonverbale Botschaft sandte, die Einladung auf keinen Fall anzunehmen. „Vielleicht möchte Yatrinna noch länger bleiben", meinte er bedeutungsvoll.

Und sie kochte vor Wut. Wenn er sie gebeten hätte, die Einladung nicht anzunehmen, hätte sie sich vermutlich gefügt. Aber die Warnung war eine Herausforderung, und einer Herausforderung konnte Allie schlecht widerstehen. Außerdem, hatte er ihr die Wohnung nicht unter der Bedingung vermietet, dass sie sich mit Jeannie anfreundete?

Außerdem hatte seine Tochter recht. Es wäre schön, den dunklen und unbekannten Weg nach Hause in Begleitung zurückzulegen.

Mit dem Riemen ihrer Handtasche spielend, antwortete sie Jeannie auf ihre Frage, während sie ihren Vater anblickte. „Dein Vater hat recht, Jeannie", sagte sie. Als sie den Ausdruck der Erleichterung in seinen Augen bemerkte, weil er dachte, sie würde die Einladung ablehnen, hätte sie ihren Entschluss beinahe umgestoßen.

Beinahe.

Nicht ganz.

Sie machte sich seine eigene Ausrede zunutze und verwendete sie nun gegen ihn. „Ich bin sicher, Natalia hat noch viel zu tun, bevor sie morgen abreist. Ich muss das wissen, denn schließlich bin ich ja selbst gerade erst umgezogen." In seinen Augen flackerte etwas auf – was war das noch, Schuldgefühle, Zorn? Sie war sich nicht sicher. Aber sie richtete ihren Blick auf Jeannie und fuhr fort: „Ich würde sehr gern mit euch nach Hause gehen."

„Hurra!", rief das Mädchen. Von ihrem Vater kam nur das Klirren der Münzen, mit denen er in seiner Tasche spielte. Allie sah ihn nicht an, doch sie spürte seinen finsteren Blick, der sich in ihren Rücken bohrte, und plötzlich wünschte sie, sie hätte die Herausforderung nicht angenommen. Doch jetzt konnte sie keinen Rückzieher mehr machen. Das würde die Situation noch verschlimmern und Jeannie verwirren.

Sie streckte Natalia die Hand hin. „Ich freue mich, dass wir uns kennenlernen konnten."

„Ich auch", stimmte Natalia zu. „Es wäre schade gewesen, wenn du erst morgen gekommen wärst und wir uns verpasst hätten. Ich bin wirklich froh, dass du hier bist und ein Auge auf Martha und Baba hast."

Allie verdrehte die Augen. „Ich denke, es wird eher andersherum sein. Sie werden ein Auge auf mich haben."

Natalia lachte zustimmend. „Darin sind sie gut", gestand sie.

„Ich hoffe, du wirst glücklich in der Stadt", wünschte sie ihr. Dieser Wunsch war aufrichtig gemeint, obwohl sie sich nicht vorstellen konnte, wie jemand Kastro gegen eine Großstadt eintauschen konnte, obwohl Athen eigentlich zu ihren Lieblingsstädten gehörte.

Natalia zuckte die Schultern. „Dort draußen liegt eine große, wundervolle Welt. Ich freue mich darauf, sie mir anzusehen!"

Dass diese junge Frau etwas Besonders an sich hatte, war für Allie offensichtlich. Sie legte den Kopf zur Seite und sagte: „Natalia, ich habe das Gefühl, dass du sie im Sturm erobern wirst."

Kapitel 7

Die seidenweiche Abendluft strich über den Mann, die Frau und das Kind hinweg.

Genau so hatte sich Allie die Abende auf dem Land immer vorgestellt. Sie schritten über den von der Sonne ausgelaugten Boden, bis sie die Steinstufen erreichten, die an der byzantinischen Kirche mit der blauen Kuppel nach oben führten. Dann folgten sie dem gepflasterten Pfad den Berg hinauf zu ihrem Haus.

Nach Sonnenuntergang waren die Zikaden endlich schlafen gegangen und der Mond lugte hinter dem Festungswall der Burg hervor. Doch das Sommerlied der Grillen ertönte nun in der Abendstille; das leise Maunzen kleiner Kätzchen und das ferne Läuten der Ziegenglocken würzten die warme Abendluft mit ihren hellen Tönen.

Es wäre perfekt gewesen.

Ein herrlicher Sommerabend.

Wenn …

Wenn der Mann, der neben dem Mädchen herging, zufrieden gewesen wäre.

Aber ein Blick auf Stavros Andreas sagte Allie, dass das nicht so war.

Überhaupt nicht.

Und Allie wusste, dass sie für seine Gemütslage verantwortlich war. Sie war in seine Welt eingedrungen, war in sein Dorf, in sein Haus gekommen und hatte alles durcheinandergebracht. Allie spürte seine Unruhe. Sie war greifbar, hing in der Luft, auch wenn seine Tochter begeistert von den Erlebnissen dieses Tages berichtete.

Allie beobachtete, dass seine Lippen zu einem blassen Strich in seinem Gesicht zusammengezogen und seine Schultern angespannt waren, wie bei einem Mann, der einen unangenehmen Eingriff vor sich hat. Auch wenn sie sich am Nachmittag darauf verständigt hatten, dass er ihr seine Einliegerwohnung überließ, war Allie sicher, dass er diese Entscheidung in den vorgerückten Stunden des Tages bereits bereute.

Von Anfang an hatte er sie nicht in seinem Haus haben wollen.

Er wollte es immer noch nicht.

Wenn er eine Möglichkeit gesehen hätte, sie loszuwerden, ohne seine Tochter zu enttäuschen, hätte er sie sofort aus dem Haus gewiesen. Aber das durfte Allie auf keinen Fall zulassen. Sie wollte in seiner Wohnung wohnen bleiben. Abgesehen von der Tatsache, dass es keine andere Unterkunft im Dorf für sie gab, fühlte sie sich in der Wohnung bereits zu Hause. Sie brauchte diese freundliche Umgebung, in die sie Abend für Abend zurückkommen konnte.

Und wieder bereute sie, ihn in Papoulis Haus herausgefordert zu haben. Sie hatte gemerkt, dass er ihre Gesellschaft nicht gewollt hatte. Allerdings konnte sie selbst nicht sagen, was sie dazu gebracht hatte, sich seinen unausgesprochenen Wünschen zu widersetzen.

Vielleicht war es die Herzlichkeit und Freundschaft, die ihr im Haus des Priesters entgegengebracht worden waren. Sicherlich war ihre romantische Ader schuld daran, dass sie sich hatte hinreißen lassen. Sie hatte sich einfach Gefühle eingebildet, die nicht vorhanden waren.

Ein Fehler, den sie nie wieder begehen würde.

Sie durfte nicht vergessen, dass er schließlich nur wegen seiner Tochter widerstrebend bereit gewesen war, sie als Mieterin seiner Wohnung zu akzeptieren. Eine freundschaftliche Beziehung zu ihrem Vermieter aufzubauen, könnte problematisch werden. Die Erinnerung an die unfreundliche Begrüßung vom Nachmittag machte Allie deutlich, dass in diesem Dorf bereits genügend Probleme auf sie warteten.

Von jetzt an würde sie ihm höflich, aber sehr distanziert begegnen. Nicht anders.

Sie war die Ärztin von Kastro. Sie würde cool und professionell bleiben.

Sie betrachtete das kleine Mädchen, das munter von seinen Erlebnissen beim Feigenpflücken berichtete, und lächelte.

Und sie würde Jeannies Freundin werden.

❤❤❤

Was Stavros so aufwühlte, war nicht die Tatsache, dass er sein Haus mit ihr teilen musste, sondern dass ihre Anwesenheit ihm deutlich gemacht hatte, wie sehr seine Tochter eine Mutter vermisste. Bis zu dem Augenblick, als Jeannie ihn angefleht hatte, die Ärztin in ihre Einliegerwohnung einziehen zu lassen, hatte Stavros sich einreden können, dass es ihm gelungen sei, ihr gleichzeitig Vater und Mutter zu sein. Er war sogar stolz darauf gewesen, dass er beide Rollen genauso gut ausgefüllt hatte wie bei anderen Kindern beide Elternteile.

Aber als er seine Tochter betrachtete, die so angeregt mit dieser Ärztin plauderte, bemerkte er den Unterton in ihrer Stimme, und das machte ihm deutlich, dass er sich etwas vorgemacht hatte.

Das beunruhigte ihn.

Sehr sogar.

Er wollte keinen anderen Menschen in ihr Leben hineinlassen. Solange er und Jeannie sich selbst genug waren, fühlte er sich sicher. Er konnte neuen Schmerz vermeiden, konnte verhindern, dass sie verletzt wurden.

Doch wenn Allie Alexander in der Wohnung wohnte, dann war eine engere Bindung zwischen seiner Tochter und der Ärztin unvermeidlich. Sie ließ sich nicht umgehen.

Er spielte mit den Münzen in seiner Tasche.

Über Jeannies Kopf hinweg warf er einen verstohlenen Blick zu der Frau hinüber. Sie hatte den Kopf zur Seite gelegt. Ihr eleganter Zopf fiel über ihre rechte Schulter und sie lauschte aufmerksam auf das, was Jeannie zu berichten hatte, als wäre es das Wichtigste auf der Welt.

Als sie plötzlich den Blick hob und seinen streifte, passierte es.

Dieser Funke. Diese Verschmelzung.

Aber dieses Mal war es etwas anderes. Ein Vorhang schien sich über ihre Augen zu schieben und sie wurden kühl und professionell. Dieser Blick erfüllte ihn mit einer Kälte, als wäre er an einem kalten Wintertag aus seiner Wohnung ausgeschlossen worden.

Er runzelte die Stirn.

Dieses Mal forderte sie ihn nicht heraus, sondern senkte den Blick wieder zu Jeannie, als wäre er für sie nicht von größerem Interesse als eine weitläufige Verwandte eines Patienten.

Aber Stavros verfügte über ausreichend Erfahrung, um zu erkennen, wenn eine Frau sich zu ihm hingezogen fühlte. Sie mochte ihm gegenüber so tun, als sei er ihr gleichgültig, als spüre sie nicht, was sich zwischen ihnen abspielte. Aber er wusste, dass es nicht stimmte. Es ließ sie nicht kalt.

Aber wie er schien sie das nicht zu wollen.

Sein Verstand war froh darüber.

Aber nicht sein Herz, das geschlafen hatte, bis er sie gesehen, mit ihr gesprochen hatte. Jetzt klopfte es ungeduldig und wollte mehr vom Leben. An der Beziehung zu Jeannies Mutter war sein Herz beinahe zerbrochen.

Er klimperte jetzt stärker mit den Münzen in seiner Tasche.

Nein. Er wollte keine Beziehung.

Er wollte sich mit keiner Frau einlassen. Es wäre unklug, die Stabilität aufs Spiel zu setzen, die er für sich und Jeannie geschaffen hatte.

Jeannie lachte auf und Stavros kam der Gedanke, dass Jeannie die Ärztin und ihn vor einer Beziehung bewahren konnte, die weder er noch sie zu wollen schien. Seine Tochter könnte die Pufferzone für sie sein.

Das war eine gute Idee, bis …

Bis seine Tochter plötzlich zur Verräterin wurde. Sie ergriff zuerst seine Hand, dann die der Ärztin, und es war, als wären sie jetzt irgendwie alle miteinander verbunden. Es war plötzlich zu familiär, zu –

„Es ist, als wären wir eine Familie!“, jubelte Jeannie und zog die Hand der beiden Erwachsenen stolz an sich.

Und Stavros wusste, sie hatte recht.

Es war, als wären sie eine Familie.

Eine nette, normale Familie.

Und in diesem Augenblick wurde ihm klar, dass ein Kind kein Schutz vor einer Beziehung wäre. Jeannie würde keine gute Anstandsdame abgeben.

„Wir wohnen sogar im selben Haus!“, fuhr Jeannie munter fort, und Stavros hätte ihr am liebsten den kleinen, süßen Mund zugeklebt.

Die Ärztin warf ihm einen Blick zu und Stavros hätte schwören können, dass ihre Augen belustigt funkelten.

Er war erstaunt, als sie den Mund öffnete, um Jeannie eine Antwort zu geben, aber gleichzeitig auch erleichtert. Wie gut, dass er dieses Mal nicht auf die peinliche Bemerkung seiner Tochter reagieren musste.

„Wir wohnen vielleicht im selben Haus, Jeannie,“ sie sprach zwar mit Jeannie, doch Stavros hätte schwören können, dass ihre Worte eigentlich ihm galten, „aber in verschiedenen Wohnungen. Es ist also, als wohnten wir in einem Mehrfamilienhaus.“

„Bis auf das Bad, das wir miteinander teilen“, stellte Jeannie klar, als würde das den entscheidenden Unterschied machen.

„Bis auf das Bad“, stimmte Allie zu. Ein resignierter Unterton lag in ihrer Stimme. Stavros vermutete, dass es ihr sehr wohl etwas ausmachte, das einzige Bad des Hauses mit ihnen zu teilen, auch wenn sie es vorher anders dargestellt hatte. Dieser Gedanke gefiel ihm irgendwie.

„Oh!“, jubelte Jeannie. Ihr war etwas eingefallen. Sie ließ Stavros’ und Allies Hände los, hüpfte voraus, drehte sich dann zu ihnen um und lief rückwärts weiter. „Ich weiß, wie wir es machen, wenn jemand im Bad ist.“

Allies Blick wanderte hinüber zu Stavros. „Ich habe ein Schild mit der Aufschrift BESETZT gemalt und im Flur auf den Tisch gelegt. Es lässt sich ganz leicht unter unseren Türen hindurchschieben.“

„Toll, Pumpkin“, murmelte Stavros, aber in seinen Gedanken

malte er sich aus, wie das in Zukunft aussehen würde. Er sah sich auf dem Sofa sitzen und Klassenarbeiten korrigieren und das Schild wurde unter der Flurtür hindurchgeschoben. Es würde ihn an die hübsche Frau denken lassen, die in seiner Welt lebte und doch nicht dazugehörte.

Es würde ihn verrückt machen. Das tat es bereits. Das Wissen, dass sie so nah war und doch nicht in der Art, wie sein Herz es sich ersehnte …

Er beschloss, von nun an die Klassenarbeiten in der Schule zu korrigieren.

Aber er musste auch Essen kochen, Jeannie bei ihren Hausaufgaben helfen und am Computer arbeiten. Er konnte sein eigenes Haus nicht verlassen. Vielleicht sollte er mehr Zeit bei Charger im Stall verbringen.

Kapitel 8

Ein Hahn krähte, ein Pferd wieherte, und Allie gab sich den ersten Sonnenstrahlen hin, die wie ein Willkommensgruß auf ihr Gesicht fielen.

Sie streckte sich in dem bequemen Bett aus und ein langsames Lächeln der Zufriedenheit und des Friedens breitete sich auf ihrem Gesicht aus.

Kein Motorengeräusch störte die morgendliche Stille, kein Hupen oder das Ächzen eines Müllwagens. Die Geräusche, die sie wahrnahm, gehörten zu einer wundervollen, realen und harmonischen Natur.

Mit überschwänglicher Vorfreude auf den neuen Tag sprang sie aus dem Bett und griff nach ihrem Morgenrock, dann lief sie barfuß über den Holzfußboden zum Fenster.

Sie riss die Balkontür auf und trat hinaus auf die sonnendurchflutete Terrasse und atmete tief die frische, nach Tannengrün duftende Bergluft ein. Die Hitzewelle würde wohl noch einige Tage anhalten. Gegen Mittag würde es wieder brütend heiß werden. Darum genoss sie die frische Morgenluft, die hartnäckig am Bergabhang hing. Der berühmte hellenistische Dunst, der die Landschaft aussehen ließ wie ein impressionistisches Gemälde der reinsten Schule, hing bereits über dem Tal. Aber noch hatte er die Bergspitzen nicht erreicht, und damit war auch nicht vor Mittag zu rechnen. Noch nicht einmal die Zikaden hatten ihr Lied angestimmt. In Athen waren sie am Vortag zwei Stunden früher tätig gewesen.

Der Hufschlag eines Pferdes unter ihrem Balkon zogen ihren Blick nach unten. Beim Anblick des Lehrers, der hoch aufgerichtet und elegant auf seinem Pferd saß, stockte ihr der Atem.

Das Pferd war arrogant und Respekt einflößend.

Genau wie sein Reiter.

Sie hauchte ein stummes Gebet für ihn, während sie ihm nachsah, wie er über den Feldweg verschwand. Sie fragte sich, was wohl geschehen sein mochte, wie es kam, dass seine Tochter keine Mutter mehr hatte.

Die Praxisräume mussten in Ordnung gebracht werden, und Allie durfte keine Zeit vergeuden. Auch durfte sie sich durch ihre Gefühle nicht daran hindern lassen zu tun, weswegen sie nach Kastro gekommen war. Eilig wich sie in ihr Zimmer zurück, zog die cremefarbenen Vorhänge zu und drängte alle Gedanken an ihren Vermieter in die hinterste Ecke ihres Herzens. Sie streifte sich eine Jeans und ein T-Shirt über. Dann ging sie in den Küchenbereich, suchte die Reinigungsutensilien unter der Spüle zusammen und verstaute sie in einem Plastikeimer. Zum Schluss griff sie noch nach ihrer Arzttasche, für den Fall, dass ein Notfall auftreten sollte, verließ ihre Wohnung und lief über den schmalen, mit Kopfsteinpflaster belegten Weg zu ihrer Praxis. Da sich die Bewohner von Kastro nicht um den Zustand der Praxis scherten, musste sie eben selbst zum Putzeimer greifen und sauber machen.

Unterwegs begegneten ihr mehrere Einwohner von Kastro. Einige ignorierten sie vollkommen, während andere sie schüchtern anlächelten und einen Morgengruß murmelten, dann aber schnell weitergingen. Doch Allie entging nicht, dass sie alle über die Schultern zurückblickten, als wollten sie überprüfen, dass niemand beobachtete, wie sie mit ihr sprachen.

Nach jeder dieser Begegnungen schüttelte sie den Kopf und setzte ihren Weg fort. Kurz darauf erreichte sie den Garten der Praxis, begrüßte die freundliche Schildkröte, die sie bereits am Vortag kennengelernt hatte, und öffnete die Praxistür. Seufzend ließ sie ihren Blick durch den Raum gleiten. Da wartete doch mehr Arbeit auf sie, als sie erwartet hatte.

Sie machte sich sofort ans Werk und vergeudete keine Zeit mit Selbstmitleid. Als Erstes öffnete sie alle Fenster und Fensterläden, allerdings ließ sie die Hintertür, wo vermutlich immer noch der

Esel stand, lieber geschlossen. Dann streifte sie ein Paar Gummihandschuhe aus ihrer Arzttasche über und sammelte den Müll zusammen, der in den Räumen herumlag. Nachdem diese Arbeit getan war, trat sie im Untersuchungsraum vor den Medizinschrank – mitsamt seinem Mitbewohner, dem Skorpion. Plötzlich hörte sie aus dem Wartezimmer ein Lachen.

„Allie …?“, rief Marthas freundliche Stimme. Allie freute sich über den warmherzigen Gruß.

„Hier“, erwiderte sie und wandte sich um. Aber es war nicht Martha, die in den Untersuchungsraum gehüpft kam, es war Jeannie.

„Hallo, Yatrinna!“

„Jeannie!“, rief Allie und lächelte Martha an, die hinter dem fröhlichen Mädchen herkam. „Wie schön, euch zwei zu sehen. Aber“, sie deutete auf die Putzsachen, die jede in der Hand hielt, und schüttelte fragend den Kopf. „Was ist das?“

Jeannie hob ihren Staubwedel in die Höhe und gab eine Erklärung für ihr Kommen ab. „Wir sind da, um dir zu helfen, die Praxis sauber zu machen!“

„Was?“ Allie blickte vom Kind zu der Frau. „Woher wusstet ihr, dass ich das vorhabe?“

„Ich habe gesehen, wie du mit dem Zeug das Haus verlassen hast.“ Jeannie deutete auf Allies Putzsachen in der Ecke. „Und ich habe es Martha erzählt.“

„Das war gut“, lobte Martha, während sie ihren Blick durch den Raum wandern ließ. „Ich wusste, dass hier dringend geputzt werden müsste, aber das hier“, sie schnalzte angewidert mit der Zunge, „ist einfach scheußlich.“ Sie wandte sich an Allie. „Es ist wirklich nicht in Ordnung, dass du die Praxis putzen musst, schon gar nicht allein.“

„Das macht mir nichts aus“, murmelte Allie, aber Marthas Fürsorge rührte sie.

„Nun, mir schon“, widersprach Martha mit fester Stimme. „Jeder in diesem Dorf kann putzen, aber kein anderer kann die Arbeit machen, für die du hergekommen bist.“

„Martha, vielen Dank, aber“ – Allie zuckte die Schultern – „das ist doch nicht dein Problem.“

„Das schlechte Benehmen meiner Nachbarn“, erwiderte Martha, während sie ein buntes Tuch aus ihrer Rocktasche zog und ihre Haare zurückband, „ist definitiv mein Problem.“ Als sie bemerkte, dass es Allie nicht recht war, wenn sie ihr mithalf, hielt Martha inne und erklärte ihr, warum sie an diesem Tag hier sein wollte. Eine sanfte Verletzlichkeit lag in der Stimme der älteren Frau. „Außerdem habe ich Natalia versprochen, mich um dich zu kümmern. Sie weiß, dass ich ... Beschäftigung brauche.“

Obwohl Martha am Abend zuvor versichert hatte, der Weggang ihrer Schwester mache ihr nichts aus, wusste Allie, dass das nicht stimmte. Sie vermisste Natalia, wie Menschen auf der ganzen Welt geliebte Menschen vermissen, die fortgehen und sich dem Leben stellen.

„Ist sie heute Morgen gut weggekommen?“, fragte Allie leise.

Martha nickte. „Sie war aufgeregt und nervös wie ein Pferd kurz vor dem Rennen seines Lebens.“ Seufzend hielt sie inne. „Aber sie war bereit.“

Allies Lächeln vertiefte sich. „Sie wird schon klarkommen.“

„Das weiß ich, aber ich vermisse sie. Bitte lass mich dir helfen. Ich muss etwas tun“, gestand sie leise.

Allie kräuselte die Lippen und sie erinnerte sich, wie es ihr ergangen war, als ihr Bruder Alex von zu Hause fortgegangen war. Es war ein Gefühl gewesen, als hätte sie ein gutes Buch aus der Bibliothek ausgelesen und zurückgegeben. Sie konnte es nicht mehr zur Hand nehmen und noch einmal lesen, wenn sie wollte. Nickend gestand sie: „Ich würde mich über deine Hilfe sehr freuen.“

„Ich vermisse Natalia auch!“, meldete sich Jeannie zu Wort. „Ich möchte ebenfalls helfen.“

Lachend wandten Allie und Martha sich dem Mädchen zu. „Das darfst du auch!“ Allie zupfte es am Pferdeschwanz. Sie verzog das Gesicht und deutete zum Medikamentenschrank. „Aber bitte sei vorsichtig. Gestern habe ich einen Skorpion darin herumkrabbeln sehen.“

Daraufhin bückte sich Martha und nahm eine Dose mit Insektenspray aus ihrem Eimer. „Zeig' mir, wo. Ich bin Experte bei der Beseitigung von Skorpionen."

Jeannie kicherte. „Sie ist der beste Insektenkiller aller Zeiten! Du hättest die Skorpione in unserem Haus sehen sollen, als Daddy und ich eingezogen sind."

Allie warf Jeannie einen entsetzten Blick zu. „In eurem Haus ...?", wiederholte sie. Jeannies Haus bedeutete ihr Haus. Hatte sie in einem Haus geschlafen, in dem Skorpione herumkrabbelten? Allie bekam eine Gänsehaut.

Jeannie kicherte erneut und ergriff Allies Hand. „Keine Sorge, Yatrinna. Jetzt gibt es keine mehr."

„Das stimmt", meldete sich Martha schnell zu Wort. Sie hielt die Spraydose wie ein Banner in die Höhe und verkündete: „Ich habe sie ausgerottet."

Die drei Frauen arbeiteten sehr fleißig, und gegen zwei Uhr, als es viel zu heiß war, um noch weiterzumachen, hatten sie geschafft, wofür Allie allein mindestens zwei Tage gebraucht hätte.

Martha war losgegangen, um ein neues Heim für den Esel zu suchen, und Jeannie trug den Müll hinaus, während Allie ein letztes Mal den Boden wischte. Sie war erstaunt, unter all dem Schmutz einen wunderschönen, gold-weißen Marmorfußboden vorzufinden. Als sie fertig war, betrachtete sie staunend die Verwandlung, die sie durch ihre Säuberungsaktion in den beiden Räumen zustande gebracht hatten. Der Schatten eines Mannes fiel auf den noch feuchten Boden.

Überrascht, dass jemand ohne einen Gruß ins Haus kam, drehte sich Allie mit einem freundlichen Lächeln auf den Lippen um. Doch als sie sah, wer da hereingekommen war, fiel ihr der Schrubber aus der Hand und landete mit einem lauten Poltern auf dem Fußboden.

Der Hüne stand vor ihr, und sein Gesichtsausdruck war keinen Deut freundlicher als am Vortag. Schlimmer noch, er blickte sich in der Praxis um, als würde ihm das Haus gehören.

„Kann ich etwas für Sie tun?", fragte Allie, doch ihre Intuition sagte ihr, dass dies kein freundlicher Besuch werden würde.

Er starrte sie an und kniff die Lippen zusammen, bevor er zu sprechen ansetzte. „Nein. Ich bin bloß vorbeigekommen, um zu sehen, was Sie machen."

Das, fand Allie, war offensichtlich. Genauso offensichtlich war, dass er nichts Gutes im Sinn hatte. Sie wollte ihm gerade eine passende Antwort geben, als Martha durch die Hintertür hereintrat.

„Ich habe den Esel zu dem Feld hinter der Kirche gebracht. – Tasos." Sie hielt inne, als sie ihn entdeckte, und begrüßte ihn mit dem ihr eigenen Lächeln. „Wie nett, dich zu sehen."

Nett? *Nett* war nicht das Wort, mit dem Allie den Besuch des Mannes beschrieben hätte.

„Was tust du hier?", fuhr der Mann sie an. Zum ersten Mal wurde Allie bewusst, dass Martha durch ihre Hilfsbereitschaft möglicherweise eine Grenze überschritten hatte. Das beunruhigte sie.

Überflüssigerweise, wie sich zeigte.

Martha war eine Frau des Glaubens, die sich nicht so leicht einschüchtern ließ. Außerdem nahm sie als Tochter des Priesters eine neutrale Position bei der Dorfpolitik ein und sie verstand es, sich ihre Stellung zunutze zu machen.

„Ich tue, was jeder Mann, jede Frau und jedes Kind in diesem Dorf hätte tun sollen. Ich mache diesen Saustall von Praxis sauber." An Allie gewandt, fragte sie: „Habt ihr euch bereits kennengelernt?" Doch ohne eine Antwort abzuwarten, stellte sie sie schnell vor. „Dr. Allie Alexander, das ist Tasos Drakopoulos."

Als sie den Namen des Mannes hörte, musste Allie grinsen. Wenn sie ihn vorher gekannt hätte, hätte sie ihn „Dracula" genannt.

„Also wirklich, Tasos", ermahnte Martha ihn, „du warst doch für die Praxis verantwortlich –"

Allie warf dem Mann einen Blick zu. Er war für die Praxis verantwortlich? Dann hatte er genau gewusst, in welchem Zustand sie die Räume am Vortag vorfinden würde.

„Wie konntest du zulassen, dass die neue Ärztin in solche verdreckten, unansehnlichen Räume kommt?" Martha sprach Allies Frage aus, aber sie blickten auf eine gemeinsame Kindheit zurück, und vermutlich hätte sie ihn früher in diesem Tonfall ermahnt, keine Tiere zu quälen. „So etwas bringt den guten Namen unseres Dorfes in Verruf."

Aber es war vergebliche Liebesmühe. Tasos Drakopoulos zeigte nicht die Spur von Reue. Er deutete mit seinem dicken Daumen auf die Kisten, in denen, wie Allie festgestellt hatte, die modernsten medizinischen Geräte verpackt waren, wie man sie nur in wenigen ländlichen Arztpraxen vorfand. Ein EKG-Gerät, eine kleine Intensivstation und alle Geräte, die man für eine Notoperation brauchte. „Schließlich habe ich alle diese Kisten hergeschleppt, nicht?", schnaubte er. Ohne eine Antwort abzuwarten, drehte er sich auf seinen großen Füßen um und stapfte durch die Tür davon.

Allie wandte sich Martha zu. „Er hat alle diese Kisten hergeschleppt? Aber er ist es doch, der die Dorfbewohner gegen mich aufhetzt."

Martha eilte durch den Raum und sammelte ihre Putzsachen zusammen. „Wie mein Vater dir bereits gestern Abend zu erklären versucht hat, ist das das Problem der Dorfbewohner, nicht deines. Wenn die Bewohner von Kastro einen Arzt brauchen, dann werden sie zu dir kommen." Trotz Marthas Ermutigungen – und während der Arbeit hatte sich gezeigt, wie viel und wie schnell sie reden konnte – hatte Allie sofort erkannt, dass Martha die Ermahnung aus dem dritten Kapitel des Jakobusbriefes, die Zunge im Zaum zu halten, sehr ernst nahm. Sie würde niemals Klatsch über ihre Nachbarn verbreiten. Das war ein Wesenszug, den Allie an ihrer neuen Freundin sehr schätzte.

„Ich hoffe es", murmelte Allie, aber sie war nicht mehr so sicher. Irgendetwas abgrundtief Hässliches schwelte hier in Kastro, und sie wollte gar nicht wissen, was es war.

Martha hielt in ihrer Arbeit inne und legte tröstend ihre Hand auf Allies Arm, bevor sie auf den blitzsauberen Raum wies. „Ich denke, wir haben gute Arbeit geleistet. Nach der Mittagspause werden wir die Räume frisch tünchen."

Jeannie stürmte in die Praxis, und als sie Marthas Worte hörte, rief sie: „Ich auch! Ich streiche so gern an!"

„Natürlich darfst du helfen“, stimmte Martha zu. „Du bist uns eine große Hilfe gewesen. Aber jetzt“, sagte Martha, als sie sich die Hände in dem blitzsauberen Waschbecken wusch, „ist es Zeit zum Essen und für die Siesta.“ Sie blickte Allie an. „Mein Vater bittet dich, zum Mittagessen zu uns zu kommen.“

„Nein“, rief Jeannie dazwischen, und die beiden Frauen blickten sie verblüfft an. „Komm mit zu uns und iss mit Baba und mir! Ich weiß, dass Baba sich darüber freuen würde. Alle Ärzte haben praktisch in unserem Haus gelebt!“ Allie blickte sie an und war davon überzeugt, dass das Mädchen in Bezug auf die anderen Ärzte die Wahrheit sagte. Aber sie war sich nicht sicher, dass eine solche Einladung sich auch auf sie bezog.

„Vielen Dank, Jeannie.“ Lächelnd blickte sie Martha an. „Vielen Dank euch beiden. Aber ich denke, ich kaufe schnell ein paar Sachen ein und verziehe mich in meine Wohnung, esse eine Kleinigkeit und lege mich dann hin.“ Als sie den enttäuschten Ausdruck auf Jeannies Gesicht bemerkte, fuhr Allie schnell fort: „Aber wir beide können heute Abend doch gemeinsam nach Hause gehen, in Ordnung?“

Allie war froh, dass dieser Vorschlag das Strahlen in Jeannies Augen zurückbrachte. „In Ordnung.“

Sie schlossen die Praxis ab, die jetzt nach Desinfektionsmittel und Insektenspray roch. Martha erklärte Allie den Weg zu einem Lebensmittelgeschäft im Ort, das ganz in der Nähe der Praxis lag, und nachdem sie vereinbart hatten, sich am Spätnachmittag wieder zu treffen, trennten sich die drei.

Kapitel 9

Allie fand den Laden. Und war beeindruckt.

Er war im Erdgeschoss eines Hauses, das etwa aus derselben Zeit stammte wie das des Lehrers. Als sie den Perlenvorhang zur Seite schob, der die Fliegen fern hielt, aber frische Luft in das Ladenlokal ließ, hatte Allie das Gefühl, in eine frühere Zeit eingetreten zu sein.

So könnte ein Kaufmannsladen vor hundert Jahren ausgesehen haben, mit liebevoll angeordneten Auslagen auf Regalen aus wertvollem Mahagoni. Eine große, antike Theke, mit Schnitzarbeiten im Blumenmuster verziert, war der Blickpunkt des Ladens. Allie trat heran und tippte mit den Fingern leicht gegen die glänzende Silberglocke neben der alten Registrierkasse aus Messing.

Sie brauchte nicht lange zu warten, bis eine hochschwangere Frau hinter dem Vorhang hervorkam. Sie war nicht mehr ganz jung und Allie war sich ziemlich sicher, dass sie bereits eine ganze Schar von Kindern geboren hatte.

„Oh“, rief die Frau kaum lauter als ein Flüstern, während sie verschüchtert über die Schulter hinweg nach hinten blickte. Dieser Blick hätte Allie eigentlich verärgern sollen, eine Geste, die sie auf dem Weg zur Praxis am Morgen bereits häufig erlebt hatte. Aber sie war nicht verärgert, zumal die Frau ihr bereitwillig die Hand reichte, während sie die andere schützend auf ihren Bauch legte. „Sie müssen die neue Ärztin sein.“

Allie ergriff die schmale Hand und fragte sich, warum die Frau ständig nervöse Blicke nach hinten warf. Dass dieser Jemand im hinteren Zimmer vermutlich die Ansichten des Griesgrams Tasos

Drakopoulos teilte, war offensichtlich. Aber das Funkeln in den Augen der Frau machte Allie neugierig.

Allie nickte und stellte sich vor: „Ich bin Allie Alexander."

„Willkommen in Kastro, Yatrinna." Allie war angenehm überrascht, dass diese Ladenbesitzerin sie mit ihrem Titel ansprach. Und noch mehr, als die Frau ihren Namen flüsterte. „Ich bin Sophia Drakopoulos."

Allie ließ die Hand der Frau los, als wäre sie plötzlich von einem Skorpion gestochen worden. War diese nette Frau etwa die Ehefrau des alten Griesgrams? „Sind Sie zufällig mit Tasos Drakopoulos verwandt?", fragte Allie vorsichtig.

Das Funkeln in den Augen der Frau erlosch, und mit einem schnellen Blick über die Schulter zurück flüsterte sie: „Durch Heirat verwandt."

„Oh." Allie wusste nicht, was sie sonst sagen sollte. Wie konnte sie der Frau erklären, dass sie ihren Mann nicht ausstehen konnte? Warum nur hatte Martha ihr geraten, ausgerechnet diesen Laden aufzusuchen? Martha hatte doch sicher mitbekommen, wie ihr Verhältnis zu Tasos Drakopoulos war.

Allies Blick fiel auf den Bauch der Frau.

Tasos Drakopoulos' Baby?

Es schien eine Ironie des Schicksals zu sein, dass ihre erste Patientin vermutlich die Frau des Mannes war, den sie im Dorf am wenigsten leiden konnte. „Wann soll Ihr Baby zur Welt kommen?", fragte Allie schließlich. Ihre Professionalität siegte über ihre Gefühle.

„Bald", erwiderte die Frau, und Allies geübte Ohren hörten die sehnsüchtige Erwartung in ihrem Tonfall.

„Wie viele Kinder haben Sie?"

Die Schultern der Frau sackten herunter und sie betrachtete ihren Bauch mit einem Blick, den Allie nur als hoffnungsvoll beschreiben konnte. „Dieses Baby … ist alles, was ich habe."

Die Antwort der Frau beunruhigte Allie. Die Ärztin in ihr wollte ihr weitere Fragen stellen. Aber sie wusste, dass dies weder der richtige Zeitpunkt noch der richtige Ort war. „Ich denke, dass ich die Praxis morgen Abend eröffnen kann. Bitte kommen Sie, dann reden wir miteinander." Allie war in erster Linie ihrem hippokratischen Eid verpflichtet und sie musste allen Menschen ärztliche Hilfe geben, auch der Familie von Tasos Drakopoulos.

Sophias feines Gesicht, das Allie an eine Porzellanpuppe erinnerte, strahlte eine tiefe Freude aus, und mit leiser Stimme sagte sie: „Als ich erfuhr, dass der neue Doktor eine Frau ist … nun", sie senkte erneut den Blick, „ich war sehr froh darüber und ich dachte … dass … dass dieses Baby vielleicht gesund auf die Welt kommt … jetzt, wo Sie hier sind." Sie sprach so leise, dass Allie sie kaum verstehen konnte.

Sie war sich jetzt ganz sicher, dass die Schwangerschaft der Frau nicht ohne Probleme verlaufen war. Ihre medizinische Neugier ließ sich nicht mehr länger zügeln. „Mrs Drakopoulos –"

„Sophia", unterbrach sie Allie mit einem zögernden Lächeln. „Bitte", bat sie leise, „nennen Sie mich Sophia."

„Sophia." Allie lächelte sie dankbar an, bevor sie fortfuhr. „Ist das Ihre erste Schwangerschaft?"

Sophia schüttelte den Kopf und Allie bemerkte die Tränen, die ihre Augen verschleierten. „Ich war bereits mehrmals schwanger. Mein Mann und ich wünschen uns schon so lange ein Kind, aber –" Als der Perlenvorhang im Türrahmen ungeduldig beiseite geschoben wurde, schluckte Sophia ihre Worte hinunter und Allie spürte, wie sich ihr ganzer Körper beim Anblick der Frau, die gerade in den Laden gekommen war, verspannte. Der neuen Kundin zunickend, sagte Sophia: „Ich bin gleich für dich da, Elani."

Neugierig drehte sich Allie zu der Frau um, aber als sie der hasserfüllte Blick der Frau traf, wünschte Allie, sie hätte ihre Neugierde bezähmt. In den Augen der Frau flackerte das Fieber des Hasses und ihre zusammengekniffenen Lippen ließen sie frösteln wie in der Kälte eines arktischen Winters. Kein einziges Lachfältchen war in ihrem Gesicht zu finden, nur Falten der Unzufriedenheit und der Feindseligkeit.

Nickend wandte sich Allie wieder Sophia zu, und wie es in den Dörfern Sitte war, reichte sie der Ladenbesitzerin ihre Einkaufsliste. Während Sophia die Waren aus den verschiedenen Regalen zusammensuchte, hätte Allie die andere Kundin gern ignoriert, doch die stahlharte Stimme der Frau durchbrach das lastende Schweigen mit der Wucht eines Vorschlaghammers.

„Sie sind also die neue Ärztin", krächzte sie.

Allie nickte. „Und Sie sind ...?"

Die Frau kräuselte die Lippen und es wurde deutlich, dass diese missmutigen Züge in ihr Gesicht eingemeißelt waren, als sie stolz verkündete: „Elani Drakopoulos, Frau von Tasos Drakopoulos, dem Bürgermeister dieses Ortes."

Allies Blick flog zu Sophia hinüber, und Erleichterung durchströmte sie, als ihr klar wurde, dass sie Sophias Antwort „durch Heirat verwandt" missverstanden hatte. Sophia war viel zu nett, um mit Tasos Drakopoulos verheiratet zu sein.

Allie musterte die kleine Frau mit dem spitzen Kinn. Sie dagegen passte hervorragend zu ihm. „Ja, die Praxis wird morgen Nachmittag eröffnet." Allie wollte sich keine Gelegenheit entgehen lassen, Drakopoulos zu zeigen, dass sie ihrer Aufgabe nachkommen würde, trotz seiner Bemühungen, sie daran zu hindern. „Bitte sagen Sie das Ihren Freunden – und Familienmitgliedern."

Die Frau hob ihr scharfes Gesicht noch ein Stück an, wie eine schnüffelnde Katze. „Falls ich oder meine Familie", sie blickte bedeutungsvoll zu Sophia hinüber und Allie spürte, dass sie ihrer Verwandten eine stumme Botschaft übermittelte, „die Dienste eines Arztes brauchen sollten, dann werden wir mit dem Taxi in die Stadt fahren, um einen Spezialisten aufzusuchen", verkündete sie. Damit drehte sie Allie den Rücken zu und fuhr Sophia an: „Beeile dich doch ein wenig, Sophia. Ich bin sehr beschäftigt und habe nicht den ganzen Tag Zeit."

Mit einer sanften Anmut, die sehr gut zu ihr passte, wie Allie fand, nickte Sophia Elani unmerklich zu. Doch ohne sich von ihrer Schwägerin antreiben zu lassen, suchte sie Allies Einkäufe zusammen.

Allie beschloss, ihrem Beispiel zu folgen. Sie nahm Abstand davon, Elani Drakopoulos mitzuteilen, dass sie selbst auch Fachärztin war, Fachärztin für Allgemeinmedizin, und beobachtete stattdessen, wie Sophia ihre Einkäufe in zwei Plastiktüten verpackte. Sie reichte Sophia das Geld. In den Tüten fand sie einige Lebensmittel, die nicht auf ihrer Liste gestanden hatten und die sie auch nicht bezahlt hatte. Sie wollte Sophia darauf hinweisen, doch ihre neue Freundin schüttelte unmerklich den Kopf und warnte sie, etwas zu sagen. Mit ihrem freundlichen Lächeln legte sie ihre Hand auf Allies und formte mit den Lippen die Worte: „Willkommen, Yatrinna."

Allie begriff, dass Sophia sie mit ihren Geschenken, mit der selbstgemachten Rosenblütenmarmelade, dem frisch gepflückten Oregano und dem Bergtee, willkommen heißen wollte. Dankbar lächelnd schob Allie den Perlenvorhang beiseite und trat hinaus in die Mittagshitze. Es war ihr auch egal, dass Elani Drakopoulos ihr bewusst den Rücken zuwandte. Sophias Freundlichkeit hatte die ablehnende Haltung der anderen mehr als wett gemacht. In Sophia hatte sie eine weitere Freundin in Kastro gefunden.

„Baba", fragte Jeannie ihren Vater, als sie gemeinsam am Tisch saßen, „darf ich das Tischgebet sprechen?"

Stavros blickte sie scharf an. Irgendetwas Wichtiges ging in ihrem kleinen Kopf vor sich, das spürte er. Er freute sich immer, wenn sie das Tischgebet sprechen wollte. Da sie keine Mutter hatte, der sie sich anvertrauen konnte, hatte sie es sich angewöhnt, ihn in ihrem Tischgebet an den Dingen teilhaben zu lassen, die ihr wichtig waren, über die sie aber nicht offen mit ihm sprechen wollte.

Lächelnd nickte er, froh darüber, dass sie dieses Ventil für sich gefunden hatte. Sie sollte immer das Gefühl haben, ihm alles erzählen zu können, was sie bewegte, auch in Form eines Gebetes.

Jeannie faltete ernst die Hände, senkte den Kopf und dankte zuerst für das Essen. „Danke, Gott, für dieses Essen, für die Ruhe und das Zuhause und alles Gute, das du uns schenkst. Für Wind und Regen und die Sonne am Himmel, aber vor allem für die Menschen, die wir lieben!"

Stavros wartete mit ebenfalls gesenktem Kopf. Er wusste, dass ihr Gebet erst vorüber war, wenn sie „Amen" sagte. Schließlich fuhr sie fort: „Und Gott ... danke, dass du Yatrinna in unser Haus gebracht hast." Sie atmete tief durch, bevor sie seufzte: „Sie gehört zu denen ... die ich liebe."

Stavros' Blick blieb an dem geneigten Kopf seiner Tochter hängen. Er wusste, dass sie die neue Ärztin mochte, aber Liebe? Das war ein starkes Wort.

„Und Gott", fuhr Jeannie in dem festen Vertrauen, dass Gott zuhörte, fort: „Bitte hilf Daddy, sie mehr zu mögen ... und ... dir auch mehr zu vertrauen." Verwirrt riss Stavros die Augen auf. Das kleine Mädchen hatte ihn durchschaut. Schnell senkte er den Kopf wieder, bis sie ihr Gebet abschloss, denn er wollte nicht, dass sie ihn dabei erwischte, wie er sie anstarrte.

Als er den Kopf schließlich hob, hatte sich Jeannie bereits über ihre Pommes frites und ihre Fischstäbchen hergemacht. Sie strahlte eine Zuversicht aus, die nur Kinder empfinden konnten. Sie war fest davon überzeugt, dass ihr Gebet gehört worden war und so erhört werden würde, wie es richtig war. Sie selbst brauchte sich darum nun keine Sorgen mehr zu machen. Stavros wünschte sich eine Portion dieses Vertrauens. Früher einmal hatte er dieses Vertrauen und diesen Glauben besessen ... vor langer Zeit ... Aber das war wirklich schon lange her.

Er beobachtete sie eine Weile, bevor auch er zur Gabel griff. Er musste ein paar Dinge klarstellen. „Jeannie, es ist nicht so, dass ich die neue Ärztin nicht mag", begann er vorsichtig.

„Aber du magst sie nicht so sehr wie die anderen Ärzte", widersprach Jeannie, während sie eine Pommes frites in ihren Ketchup tunkte.

„Ich mag sie", verteidigte er sich. „Nur ... eben anders." *Ganz anders.*

„Und warum hast du sie nicht zu uns zum Essen eingeladen oder zum Fernsehen oder so etwas?", protestierte sie.

„Nun ..." Er suchte nach einer Ausrede, um ihr nicht den eigentlichen Grund für sein Verhalten nennen zu müssen. „Vergiss nicht, dass sie erst gestern angekommen ist."

Jeannies Gesicht hellte sich auf. „Dann können wir sie doch für heute Abend zum Abendessen einladen!"

Stavros spürte, wie sich seine Lippen zusammenzogen. Seine Tochter konnte argumentieren, genau wie – sein Blut erstarrte, als ihm klar wurde, was er da dachte. Dass seine Tochter argumentieren konnte wie – genau wie ein Rechtsanwalt. Genau wie ihre Mutter.

„Können wir, Baba?", beharrte Jeannie und riss ihn mit ihrer Frage aus seinen Gedanken und konfrontierte ihn mit dem anstehenden Problem. Jeannies Gebet hatte ihn auf zwei Punkte aufmerksam gemacht, die er in Angriff nehmen musste. Er musste sich der Ärztin gegenüber etwas normaler benehmen – und seine Beziehung zu Gott überdenken.

Sein Glaube war dadurch, dass seine Frau ihn und ihre Tochter verlassen hatte, tief erschüttert worden; er hatte das allerdings erst erkannt, als Jeannie dies im Gebet formulierte. Sonntags und an den Feiertagen wie Weihnachten und Ostern war er mit ihr immer in die Kirche gegangen und er hatte ihr auch beigebracht zu beten. Nicht im Traum wäre er auf den Gedanken gekommen, seine Tochter könnte merken, wie gestört sein Verhältnis zu Gott war.

Er hatte so inständig gebetet, seine Frau möge sich für das Kind entscheiden, mit dem sie ungewollt schwanger geworden war. Irgendwie war es Stavros gelungen, eine Abtreibung ihres ungeborenen Kindes abzuwenden. Er hatte verhindern können, dass sie Jeannie tötete ... Ein Schauder überlief ihn. Beim Gedanken an diese Zeit brach ihm immer noch der kalte Schweiß aus.

Aber seine Frau hatte das Baby nicht gewollt. Sie hatte Jeannie nicht gewollt. Stavros hatte gehofft, dass sie ihre Meinung ändern würde, wenn sie das kleine Wesen sah. Er hatte so flehentlich gebetet. Doch seine Frau hatte Jeannie nie in den Arm genommen. Nicht einmal. Sie hatte ausschließlich für ihre Karriere gelebt.

Was hatte sein Beten genützt, sein Flehen zu Gott bewirkt? Nichts. Seine Frau hatte ihn und ihr Baby bereits vor Jahren verlassen. Und vor sechs Monaten war sie gestorben. Auf einer Geschäftsreise.

„Ba ... ba ....", rief Jeannie ungeduldig. Mit einem lauten Klappern ließ sie ihre Gabel auf den Teller fallen und riss ihn so aus seinen Gedanken. Er blickte sie an. Sie war ihm der liebste Mensch auf der Welt. Sie würde keinen weiteren Bissen in den Mund stecken, bis er ihr eine Antwort gegeben hatte.

„Ja, Pumpkin." Er hatte eine Entscheidung getroffen, zumindest in Bezug auf die Ärztin. Und nachdem er sie einmal getroffen hatte, fühlte er sich so gut wie schon lange nicht mehr. „Ich denke, es wäre sehr schön, die Ärztin zum Abendessen einzuladen. Wir werden sehen, ob sie heute Abend Zeit hat."

„Juchhuu!", rief Jeannie laut. Sie nahm ihre Gabel zur Hand und spießte eine Pommes auf. In ihrer Welt war alles wieder in Ordnung.

Es herrschte einen Augenblick nachdenkliche Stille, bevor Stavros wieder das Wort ergriff. „Ich bin sehr stolz auf dich, dass du heute in der Praxis geholfen hast."

Seine Tochter strahlte ihn an. Sie tauchte ein Stück Brot in das Olivenöldressing, das Stavros über den Tomatensalat gegeben hatte, und erzählte: „Wir haben heute drei Skorpione erlegt!"

Es war deutlich zu spüren, dass das für sie der beste Teil der ganzen Putzaktion war. Aber nicht so für Stavros. Er runzelte die Stirn wie ein besorgter Vater, der Angst hat um seine Tochter hatte. „Sei vorsichtig", ermahnte er. „Der Stich eines Skorpions kann sehr weh tun."

„Keine Sorge. Yatrinna hat Medizin gegen Insektenstiche, und wenn ich gestochen worden wäre –" Sie brach mitten im Satz ab, als leichte Schritte auf den Stufen zu hören waren. Sie beugte sich zu ihrem Vater vor und flüsterte: „Das ist Yatrinna." Als die Schritte an der Tür vorbeikamen, drehte sie sich auf ihrem Stuhl um. Sie wollte die Ärztin am geöffneten Fenster vorbeigehen sehen.

Als Jeannie ihr zuwinkte, winkte Allie zurück.

Stavros beobachtete seine Tochter. Sie war so glücklich darüber, dass der neue Doktor eine Frau war. Sie hatte Jeannie und ihn mit ihrer Art beeindruckt.

Allie tat Jeannie gut – sehr gut. Und jeder, der Jeannie guttat, machte ihn froh.

„Ich mag sie", erklärte Jeannie, während sie nachdenklich aus dem

Fenster starrte, an dem Allie gerade vorbeigekommen war. „Sie ist so hübsch und nett und –“

„Iiiiih –“ Ein markerschütternder Schrei ertönte.

Kapitel 10

„Bleib hier!“, befahl Stavros seiner erschrockenen Tochter, und wie der Blitz war er zur Tür hinaus und bei der jetzt verstummten Ärztin.

Er fand sie reglos über das Geländer gelehnt vor, die Hände vor die Augen gedrückt.

„Allie!“ Ihr Vorname kam ihm ganz natürlich über die Lippen, und als sie die Hände vom Gesicht nahm und er sah, dass sie körperlich unversehrt war, war er erleichtert. Aber ihr verängstigter Gesichtsausdruck ließ auf eine andere Art von Verletzung schließen, eine Verletzung, die vielleicht genauso furchterregend war. „Allie.“ Er zog sie in seine Arme. Sie zitterte. „Was ist los?“, fragte er mit vor Sorge rauer Stimme.

Ohne hinzusehen deutete Allie zu ihrer Wohnungstür.

Stavros drehte sich um, und bei dem, was er da sah, verzog er das Gesicht und drückte Allie noch fester an sich. Er wollte sie irgendwie abschirmen, beschützen vor einer Situation, die viel schlimmer war, als er gedacht hatte.

Jemand, und Stavros hatte da so einen Verdacht, hatte zwei tote Schlangen um einen Pfosten geschlungen und an ihre Tür geklemmt. Das „Kunstwerk“ erinnerte an einen Äskulapstab. Die Augen der Schlangen wölbten sich grotesk vor.

Während er sie in seinen Armen hielt, wurde ihm schmerzlich bewusst, wie unfreundlich er ihr bisher begegnet war. Nach außen wirkte sie mutig und stark, aber im Augenblick fühlte sie sich ganz leicht in seinen Armen an, sehr zerbrechlich. Sie war eine Frau, eine zierliche Frau, die gegen viele Vorurteile ankämpfen musste.

Er wusste, in ihr steckte eine Kraft, die größer war als jede Muskelkraft. Aber abgesehen davon war ihm auch klar, dass er ihr die Freundschaft anbieten musste, die Allie brauchte, um in diesem Dorf zu überleben. Selbst Jeannie hatte bemerkt, wie zurückhaltend er ihr begegnete.

Doch zuerst würde er noch einmal versuchen, ihr begreiflich zu machen, warum sie sich lieber nicht in Kastro niederlassen sollte.

„Allie", flüsterte er, und sie schien sich langsam zu entspannen. „Es tut mir leid, aber ich habe ja versucht, Sie zu warnen", fuhr er fort. „Dieses Dorf ist nicht der richtige Platz für Sie. Hier gibt es so vieles, das Sie einfach nicht verstehen können –"

„Dann klären Sie mich doch endlich auf", stöhnte sie. „Bei der Bekämpfung einer Krankheit muss der Arzt die Geschichte des Patienten kennen. So ist es auch mit diesem Dorf. Wenn ich die Wurzel des Problems kenne, kann ich dagegen ankämpfen." Sie blickte ihm tief in die Augen. „Bitte, Stavros, erzählen Sie mir, was hier los ist."

Während er ihren Körper in seinen Armen hielt und sein Blick über ihre Gestalt glitt, musste er sich eingestehen, dass er in diesem Augenblick alles an ihr bewunderte. Sie war verletzlich und doch stark; sie war stolz und doch demütig; sie war professionell und doch auch ganz Frau.

Ein wunderschöne, kluge Frau, die ihn um Hilfe gebeten hatte, und er würde sie ihr geben..

Er deutete mit dem Kopf zu ihrer Tür hinüber und sagte: „Ich werde das hier entfernen, dann reden wir."

Seine Worte schienen sie mit Erleichterung zu erfüllen, und mit einem tiefen Seufzer gestand sie: „Mein Ekel vor Schlangen ist riesengroß", gestand sie mit einem gezwungenen Lächeln. „Allein der Anblick, wie sie sich über den Boden schlängeln, erfüllt mich mit Abscheu. Aber das hier –", sie deutete mit dem Kopf zu dem Willkommensgruß, „das war einfach zu viel für ..." Sie hielt inne und er merkte, dass sie überlegte, ob sie fortfahren sollte. Er war froh, als sie es tat. „Dieses Stadtmädchen."

Stavros drückte ihre Schultern, und in dem Gefühl, dass ihre Beziehung eine andere Ebene erreicht hatte, deutete er zu den Schlangen und bemerkte grimmig: „Bei diesem Anblick hätten alle so reagiert wie Sie." Sie blinzelte und freute sich offensichtlich über seine Ehrlichkeit. Und er war froh, dass er aufrichtig gewesen war.

Und auf einmal bemerkte sie mit trauriger Stimme, die ihn tief erschütterte: „Das ist der Äskulapstab – das Zeichen des Arztes."

„Ja, das stimmt", erwiderte er, und wieder empfand er diesen Wunsch, sie zu beschützen. Vor allem, als er bemerkte, wie Sorge in ihren Augen aufflackerte.

„Was mich jedoch besonders beunruhigt", fuhr sie fort, „ist die menschliche Schlange, die für das hier verantwortlich ist."

Das erfüllte auch Stavros mit Sorge.

„Baba!" Jeannies verängstigte Stimme ertönte aus dem Küchenfenster. „Geht es Yatrinna gut?"

„Alles in Ordnung", rief er über seine linke Schulter hinweg. Er ließ Allie los, bückte sich, um ihre Lebensmittel vom Boden aufzusammeln. Er deutete zu seinem Haus hinüber. „Setzen Sie sich doch zu Jeannie, während ich hier aufräume. Wir reden, wenn ich damit fertig bin."

Ihre Lippen verzogen sich zu einem Lächeln. Es war ein Lächeln des Dankes, zugleich aber auch der Erleichterung. Mehr wollte sie gar nicht hören.

Hinter dem Lächeln entdeckte er ein leichtes Zittern, aber als sie die Hände ausstreckte, um die Tüten zu nehmen, bemerkte er gleichzeitig, dass ihre langen, schlanken, heilenden Finger ruhig waren.

Eiserner Wille und eine samtweiche Persönlichkeit. So ließ sich Allie Alexander beschreiben.

Unbewusst wiederholte Stavros ein paar Minuten später, als sie in der Küche saßen, genau das, was Papouli vorher zu Allie gesagt hatte. „Es ist nicht so, dass die Dorfbewohner gegen Sie persönlich etwas haben."

Aber das glaubte Allie ihm nicht. Nicht heute. Nicht nach dieser Sache mit der Schlange. Sie deutete mit dem Arm zu ihrer Wohnungstür. „Ach nein? Nun, ich habe den Eindruck, dass jemand sehr wohl etwas gegen mich hat", gab sie zurück.

Stavros atmete tief durch und schüttelte unmerklich den Kopf.

„Nein“, widersprach er und drehte sich zu ihr um. „Das geht sehr viel tiefer“, erklärte er. „Es ist auch viel gefährlicher.“

„Gefährlich?“

Er deutete mit dem Kopf zur Tür, durch die seine Tochter gerade verschwunden war. „Ich habe Jeannie zu ihrer Freundin geschickt, weil ich nicht möchte, dass sie durch das, was ich Ihnen zu erzählen habe, beunruhigt wird.“

Sie nickte kurz mit dem Kopf und er war erstaunt darüber, dass ihn ihre professionelle Haltung zur Abwechslung einmal nicht störte. Sie war kühl und vernünftig und wartete ab. Eigenschaften, die nötig waren, um mit der Situation umzugehen, wie ihm verblüfft klar wurde.

Er atmete tief durch, ging zum Tisch und reichte ihr ein Glas Eiskaffee, bevor er sich zu ihr an den Tisch setzte. Nach einer Weile fragte er: „Haben Sie denn schon Tasos Drakopoulos kennengelernt?“

Sie verzog das Gesicht zu einer Grimasse. Das war ihm Antwort genug. „Oh ja. Er und seine Frau sind außerordentlich ...“, sie hielt inne und schien nach der richtigen Beschreibung zu suchen, bevor sie sich entschied, „sagen wir, gastfreundlich gewesen.“

„Das kann ich mir vorstellen“, erwiderte er mit demselben Sarkasmus. Gleichzeitig fragte er sich, wie ihre Begegnung mit dem Bürgermeister und seiner Frau wohl ausgesehen haben mochte. „Ich glaube, dass Drakopoulos hinter dieser Sache steckt.“

„Das habe ich auch schon vermutet. Aber warum? Warum hasst er mich so sehr?“

„Er hasst Sie nicht“, erwiderte Stavros und nahm den Salzstreuer zur Hand. „Es geht darum, dass Sie den Job bekommen haben, den er für seinen Sohn haben wollte.“ Er stellte den Salzstreuer neben den Pfefferstreuer auf den Tisch.

„Seinen Sohn?“ Allie lehnte sich zurück, als wollte sie sich ein Röntgenbild genauer ansehen. „Dass Eifersucht dahinter stecken könnte, wäre mir nie in den Sinn gekommen.“

Stavros erhob sich, nahm seinen Eiskaffee und trat an die Küchentheke. Er drehte sich zu Allie um und erklärte: „Es ist ganz einfach.

Dimitri, Drakopoulos' Sohn, hat gerade sein Medizinstudium abgeschlossen, und Tasos wollte, dass er den Job bekommt."

Allie zuckte die Achseln. „Und warum hat sich Dimitri nicht darum beworben? Man kann sich doch für jedes Dorf oder jede Stadt bewerben, in die man gehen möchte."

„Ich glaube, das hat er. Aber möglicherweise hat er seine Bewerbung zu spät eingereicht." Er trank einen Schluck von seinem Kaffee und fuhr fort: „Wie auch immer, so wie ich es verstanden habe, war der Job bereits an Sie vergeben worden."

„Aber wieso macht man mich verantwortlich dafür, dass Drakopoulos' Sohn sich zu spät beworben hat? Und warum ist das ganze Dorf deswegen gegen mich?"

„Sie sind nicht gegen Sie."

„Gegen wen denn?"

„Sie bekämpfen sich gegenseitig."

Sie runzelte die Stirn. „Wie bitte?"

Stavros setzte sich wieder an den Tisch, und nachdem er tief ausgeatmet hatte, erklärte er: „Allie Alexander, ist Ihnen noch nicht klar geworden, dass Sie zwischen die Fronten einer Fehde geraten sind?"

„Einer Fehde?" Spontan wollte Allie dies als lächerlich abtun. „Ich glaube es nicht!" Fehden gab es doch nur in entlegenen Orten, die fern ab vom Rest der Welt lagen ...

Sie hielt inne.

Was war Kastro anderes als ein entlegenes Dorf, fern ab vom Rest der Welt?

„Ich glaube, Frau Doktor, dass Sie das Leben in einem Dorf ein wenig verklärt haben."

Er hatte zwar recht, aber das würde sie keinesfalls zugeben. Mit rauer Stimme erwiderte sie: „Bitte erklären Sie mir, worum es bei dieser Fehde geht." Sie wollte nicht zwischen die Fronten geraten. Aber da das bereits geschehen war, wollte sie wenigstens die Fakten kennen und wissen, worum es eigentlich ging.

Er nahm den Pfefferstreuer zur Hand und starrte ihn einen Augenblick nachdenklich an, bevor er sie wieder anblickte. „Die Ursprünge dieser Fehde reichen vermutlich zurück bis zur Gründung dieses Dorfes, als ein Mann mit der Frau eines anderen davonlief. Das Dorf teilte sich in zwei Lager." Er hielt den Salzstreuer in die Höhe. „Die Familie Drakopoulos und –" er hielt den Pfefferstreuer in die Höhe, „die Familie Angelopoulos." Er stieß die beiden Streuer gegeneinander und stellte sie dann auf den Tisch, nur wenige Zentimeter voneinander entfernt.

Allie wischte mit dem Zeigefinger den Pfeffer ab, der an dem Streuer klebte. Ihre Lippen verzogen sich. „Beschreiben ihre Namen zufällig auch ihren Charakter? Die Draculas gegen die Engel?"

Stavros lachte. Allie gefielen die Grübchen in seinen Wangen, die sich zeigten, wenn er lächelte. Sie passten zu seinen blitzenden Augen. „Das mag Ihnen im Augenblick so erscheinen", fuhr Stavros trocken fort, „aber auch die Angelopoulos' verhalten sich gelegentlich wie gefallene Engel."

„Oh." Sie verdrehte die Augen und wartete darauf, dass er fortfuhr. Eines hatten die toten Schlangen an dem Stab zumindest zuwege gebracht, sie hatten sie als Freunde näher zusammengebracht. Das gefiel Allie – sehr sogar.

„Wie Sie in diese Fehde hineingeraten sind, ist ziemlich einfach", fuhr er fort. „Der Einzige im Dorf, der Verbindung zum Gesundheitsamt hatte und der dafür hätte sorgen können, dass der Sohn der Drakopoulos' diese Stellung bekommt, war zufällig ein Mitglied der Familie Angelopoulos –"

„Und er hat seine Hilfe verweigert", unterbrach Allie ihn.

Stavros nickte. „Ich bin beeindruckt, wie schnell Sie die Dorfpolitik durchschauen."

„Warum hat er nicht geholfen?"

Stavros seufzte. „Da liegt das Problem. Die Familie Angelopoulos behauptet, er hätte es getan."

„Und Sie glauben das nicht?"

Er zuckte die Achseln. „Ich weiß es nicht."

„Gibt es noch mehr, das Sie mir erzählen sollten?"

Stavros schnalzte mit der Zunge. „Nur das, was ich bereits gesagt habe. Ich glaube nicht, dass Sie sich auf diese Situation einlassen sollten. Sie wissen nicht, wie lange das noch so weitergeht oder was sie noch unternehmen werden."

„Wollen Sie mir Angst machen?", fragte sie, doch trotz seiner Worte hatte sie das Gefühl, dass sie immer noch auf derselben Seite standen.

„Nein", erwiderte er. „Das übernimmt jemand anderes."

„Mr Andreas –"

„Stavros", korrigierte er sie. „Nachdem wir gemeinsam diese Krise durchgestanden haben, sollten wir doch beim Vornamen bleiben."

Sie nickte. Es gefiel ihr, ihn beim Vornamen zu nennen. „Stavros, es gibt etwas, das für mich spricht und was den meisten Landärzten fehlt."

Er wartete schweigend, bis sie weitersprach.

„Ich möchte hier sein."

„Das freut mich", erwiderte er. Seinem Blick nach zu urteilen, schien ihn diese Aussage zu verblüffen. „Die Dörfer hier in der Gegend sind abgelegen und sie brauchen einen Arzt."

„Sehen Sie, das Leben in der Stadt ist schon schwierig genug, aber hier in der Wildnis?" Er zuckte die Achseln. „Und wir leben hier in der Wildnis."

Sie betrachtete ihn eine Weile schweigend, während ihre Gedanken zu Dale wanderten – dem ewig jungen Mann auf den gerahmten Fotos in ihrer Wohnung, dem Jungen auf der Schwelle zum Mannsein, der bei einem Überfall auf einen Supermarkt in die Schusslinie geraten und getötet worden war. „Glauben Sie mir, Stavros, in der Stadt, in jeder Stadt, gibt es mehr wilde Tiere, als Sie hier auf dem Land je finden werden."

Der abwesende Ausdruck ihrer Augen sagte ihm, dass sie aus Erfahrung sprach und kein Klischee wiedergab. Er fragte sich, was sie wohl erlebt hatte. Aber er hatte immer noch das Gefühl, sie davon überzeugen zu müssen, dieses Dorf zu verlassen, bevor alles noch schmutziger wurde. „Allie, seien Sie doch realistisch. Wir sprechen hier über eine Familienfehde. Einen richtigen Streit. Das ist kein Stoff, den sich Hollywood ausgedacht hat, um den modernen

Menschen zu unterhalten. Hier handelt es sich um einen Streit, der Jahrhunderte zurückreicht." Er hielt inne und sprach dann sehr eindringlich weiter. „Und Sie stecken mitten drin."

Statt einer Antwort suchte sie ihre Einkäufe zusammen, erhob sich und ging zur Tür. Dort blieb sie stehen. Sie drehte sich um, schob ihr Kinn fast unmerklich vor und erwiderte in derselben Eindringlichkeit, mit der er sich an sie gewandt hatte: „Dann werde ich mir eben einen Weg überlegen müssen, wie ich da rauskomme."

Damit ging sie.

Als die Tür hinter ihr ins Schloss fiel, fragte sich Stavros, ob er sich wohl jemals von dem Bann befreien könnte, in den sie ihn gezogen hatte.

Aber wollte er das überhaupt?

Kapitel 11

Ein beharrliches Klopfen riss Allie aus einem tiefen Schlaf, und als sie ihre Augen aufzwang, wurde ihr klar, dass das Klopfen von ihrer Tür kam.

„Yatrinna? Bist du da drin?“ Der gedämpfte Klang von Jeannies Stimme übertönte den Lärm der Grillen in den Bäumen draußen.

Gegen die Müdigkeit ankämpfend, stand Allie langsam auf und lief mit bleischweren Füßen in die Küche, um sich ein Glas Quellwasser zu holen. „Komm rein“, krächzte sie nach dem ersten Schluck. „Die Tür ist offen.“

Jeannie riss die Tür auf und Allie lächelte, als sie den Aufzug des Mädchens sah. Sie trug einen weißen Overall und ein weißes T-Shirt, und ihr Haar war mit einem Halstuch zurückgebunden. Die Malerrolle über ihrer Schulter vervollständigte ihre Aufmachung.

Allie nahm das Glas von den Lippen. „Du meine Güte, du siehst aus wie ein richtiger Anstreicher“, rief sie mit einem Augenzwinkern.

Jeannies Lippen verzogen sich zu einem Lächeln, in dem gleichzeitig Stolz und Schüchternheit lagen. „Baba wollte mich anders nicht fort lassen“, erklärte sie mit einem Blick auf ihre Kleider. „Er sagte, so würde es nichts ausmachen, wenn etwas Farbe auf die Sachen kleckert, weil sie ja dieselbe Farbe haben.“

Bei diesen Worten zog Allie die Augenbrauen in die Höhe. Stavros schien wie eine Mutter zu denken. Allerdings bezweifelte Allie ernsthaft, dass die meisten Mütter auf die Idee kämen, die Kleider ihrer Kinder auf die Farbe abzustimmen, mit denen die Wände gestrichen werden sollten. „Du hast wirklich einen klugen Baba“, bemerkte sie, und nachdem sie sich über dem Spülbecken etwas Wasser ins Gesicht gespritzt hatte, ging sie zu dem antiken Spiegel hinüber, der über der Kommode hing, um sich die Haare zu bürsten.

Jeannie legte ihre Malerrolle in die Ecke neben die Tür und stellte sich neben sie, als sie sich ihren französischen Zopf flocht. „Wie schaffst du das nur ganz allein?" Sie staunte über Allies geschickte Finger, die Wunderwerke mit ihren Haaren vollbrachten.

„Nun", Allie hielt inne, „da meine Mutter gestorben ist, als ich noch ganz klein war –"

„Meine Mutter ist auch gestorben", unterbrach Jeannie sie und Allies Finger hielten inne, während sie das Mädchen im Spiegel betrachtete. Sie hatte angenommen, dass Jeannies Eltern geschieden waren. „Aber es war, als wäre sie tot, auch als sie noch am Leben war", fuhr Jeannie fort in einem Tonfall, als würde sie über das Wetter plaudern. „Ich meine, sie hat nie bei Baba und mir gelebt und ich habe sie nie gesehen." In diesem Augenblick wurde Allie klar, warum sie den Eindruck gehabt hatte, sie wären geschieden. Aber sie begriff jetzt auch, dass Stavros Andreas' Leben sehr viel komplizierter war, als sie gedacht hatte.

„Das tut mir leid … das mit deiner Mutter."

„Du kannst ja nichts dafür", erklärte Jeannie sachlich. Jeannie hatte die beiden schlimmsten Dinge erlebt, die ein Kind durchmachen konnte – die Scheidung der Eltern und den Tod der Mutter. Doch Stavros war es gelungen, seiner Tochter unbeschadet darüber hinwegzuhelfen. Mit jeder Information, die Allie über ihn bekam, wuchs ihre Bewunderung für ihn.

Aber Jeannie war nur an Allies Haaren interessiert. „Hat dein Vater dir das beigebracht?", fragte sie.

Allie flocht ihren Zopf weiter und lächelte bei der Vorstellung, dass ihr lieber Vater mit seinen dicken Fingern versuchte, ihr einen Zopf zu flechten. „Nein. Er konnte mir nicht einmal einen Pferdeschwanz machen."

„Nicht?" Jeannie fuhr mit der Hand über ihren Pferdeschwanz, der unter dem Tuch hervorlugte. „Mein Baba frisiert mich immer."

Allie lächelte. „Das macht er toll."

„Aber nicht einmal er kann so etwas." Allie nahm schmale Haarsträhnen von der Seite und fügte sie zum großen Strang hinzu. „Aber ich glaube nicht, dass überhaupt jemand im Dorf das kann. Vielleicht Natalia, aber sie ist jetzt fort", verteidigte Jeannie ihren Vater schnell.

„Nun, ich könnte dich frisieren, wenn du möchtest", bot Allie ihr an, und sie wurde mit einem Lächeln belohnt, das fast so breit war wie das Tal unter ihrem Fenster.

„Wirklich?"

„Natürlich!" Sie befestigte das Ende des Zopfes mit einem Band, steckte ihre Füße in ihre Flip-Flops, drückte Jeannie an sich und sagte: „Und jetzt komm. Wir müssen die Praxis anstreichen!"

Martha wartete mit allen nötigen Utensilien auf sie. Die drei schafften es, die Praxis und das Wartezimmer in weniger als zwei Stunden zu tünchen. Es roch frisch und sauber und Allie empfand eine tiefe Befriedigung bei dem Gedanken, dass sie am Morgen ihre medizinischen Geräte aufbauen und die Praxis am folgenden Nachmittag für die Patienten öffnen könnte.

Selbst nach all den Jahren in Griechenland fiel es ihr immer noch schwer, sich an die Arbeitszeiten zu gewöhnen. Aber mit Blick auf die mörderische Hitze am Mittag fand sie diese Tradition einfach genial. Die Menschen verließen ihre Büros gegen halb zwei, gingen zum Mittagessen und einem Mittagsschlaf nach Hause und kehrten erst am Spätnachmittag, wenn es kühler war, zur Arbeit zurück. Allie verwunderte es nicht zu hören, dass diese Sitte bis in alte Zeiten zurückreichte.

„Das sind nicht dieselben Räume wie heute Morgen", sagte Allie zu Martha. Gemeinsam sahen sie zu, wie Jeannie die letzte Wand fertig strich.

Martha lachte und deutete auf Allies Haare, ihre Arme und ihr Gesicht. „Und du auch nicht!"

Allie blickte an sich hinunter und berührte ihre Wange, wo sie die Farbkleckser ertastete, die darauf gelandet waren. Martha dagegen schien keine Spritzer abbekommen zu haben. Sogar Jeannie war weniger bespritzt als Allie. „Wie schafft ihr das bloß, so ordentlich zu arbeiten?"

Martha lachte erneut, während sie mit ihren schnellen Bewegungen, an die sich Allie langsam gewöhnte, das Laken zusammenfaltete, mit dem der Schreibtisch abgedeckt war. „Jahre der Übung. Wir tünchen unsere Häuser in jedem Frühling. Also –", der Themenwechsel kam abrupt, „*Kyria* Maria wird morgen früh kommen und die Sitzfläche der Stühle in Ordnung bringen und *Kyrios* Pavlos wird die Sitzmöbel reparieren, und was nicht mehr geflickt werden kann, werde ich mit Kissen und Stoffen abdecken."

Allie hätte Martha gern gesagt, wie dankbar sie für ihre Hilfe war, wenn Martha sie nur zu Wort hätte kommen lassen. Aber Martha sprach mit der Geschwindigkeit eines Rennwagens weiter. „Und es wird alles toll aussehen!" Von der Verbindungstür aus betrachtete sie die beiden Räume, als sähe sie sie bereits fertig ausgestattet vor sich. „Ich komme morgen Früh vorbei und sorge dafür, dass alles ordentlich gemacht wird, aber jetzt muss ich nach Hause –"

„Ich bin fertig!", unterbrach Jeannie sie. Sie trat zurück und betrachtete die Wand, die sie getüncht hatte.

Martha nahm sich einen kurzen Augenblick Zeit, um sie zu begutachten. „Sehr schön, Jeannie." Dann drehte sie sich um und eilte aus der Praxis. „Bis morgen, ihr zwei!"

„Tschüss, und noch mal vielen Dank!", rief Allie ihr nach, aber Martha war bereits auf der Straße zu ihrem Haus. Allie stellte sich neben Jeannie, während das Mädchen die frischen Räume bewunderte. Sie war stolz auf ihre Arbeit, ein guter und gesunder Stolz auf etwas, das sie mit ihren Händen geschaffen hatte.

„Es sieht toll aus!", lobte Allie sie, doch als sie sie in den Arm nehmen wollte, bemerkte das Mädchen ihre mit Farbe bekleckste Kleidung und trat lachend zurück.

„Yatrinna! Du siehst schrecklich aus!"

Allie blickte an sich hinunter und brach ebenfalls in Gelächter aus. „Ja, das stimmt allerdings."

Jeannie verdrehte die Augen. „Junge, bin ich froh, dass ich nicht so aussehe! Meinem Vater würde das gar nicht gefallen." Doch gerade in diesem Augenblick betrat er die Praxis. „Baba!", rief Jeannie und zog ihn an der Hand zu der Wand, die sie getüncht hatte. „Sieh nur! Diese Wand habe ich ganz allein gestrichen!"

Stavros legte seine Hand auf ihre Schulter und warf einen Blick zu Allie hinüber. Aber als er ihr Aussehen bemerkte, weiteten sich seine Augen und Allie war sicher, darin etwas wie amüsierte Bewunderung zu lesen, definitiv nicht die Abscheu, die Jeannie vermutet hatte, bevor er sich wieder zu seiner wartenden Tochter umdrehte und sie für ihre Arbeit lobte.

„Es ist toll geworden." Sein Blick tanzte fröhlich zu Allie hinüber. „Hast du etwa die weißen Punkte in die Haare unserer neuen Ärztin gemalt?"

Die Augen des Mädchens weiteten sich wie glänzende Murmeln. „Nein! Ich habe nicht –"

Allie holte ihren mit Farbe bekleckten Zopf nach vorn, um einzuschätzen, wie schlimm es war. Er sah aus wie der Rüssel eines gepunkteten Plüschelefanten. „Nein." Allie lächte, als sie den Zopf wieder auf den Rücken warf. „Das habe ich ganz allein zuwege gebracht." Während Stavros' Blick auf ihr ruhte, wurde das tiefe Braun seiner Augen weich und glänzend und Allies Herz machte einen Satz.

„Ich finde, es steht Ihnen", sagte er schließlich.

Allie blickte Jeannie an und lächelte mit dem Lächeln einer Frau, die weiß, dass eine andere, egal wie jung sie ist, sie versteht. „Nun, ob es mir nun steht oder nicht, ich muss zugeben, dass ich es kaum erwarten kann, mir den Schweiß und die Farbe abwaschen zu können."

„Nun, ich fürchte, Sie werden auf dieses Bad verzichten müssen. Die Wasserpumpe ist kaputt."

„Oh nein!", jammerte Jeannie und wirbelte zu ihrem Vater herum. „Nicht schon wieder."

„Doch, schon wieder", antwortete er seiner Tochter. „Und dieses Mal musste ich ein Ersatzteil aus Athen bestellen." Er blickte Allie an. „Es wird mindestens eine Woche dauern, vielleicht sogar länger, bis es repariert ist."

„So lange?", fragte Allie. Der Schweiß rann ihr über den Rücken und erinnerte sie daran, wie dringend sie ein Bad brauchte. „Was machen wir?“

Er zuckte die Schultern. „Entweder wir behelfen uns ohne oder wir holen Wasser aus dem Hahn im Garten und füllen die Badewanne damit. Ich habe einen Tauchsieder, der das Wasser aufwärmen kann.“

„Puh“, stöhnte Allie. Die Aussicht auf ein Bad hatte ihr die Kraft gegeben weiterzumachen, vor allem während der letzten Stunde. Nachdenklich fuhr sie sich über ihre Schulter. „Wie viele Eimer braucht man dafür?“

„Etwa zwanzig.“

„Zwanzig!“, keuchte sie.

„Ich helfe dir, Yatrinna“, erbot sich Jeannie.

Allie lächelte das Mädchen an. „Du hast mir schon so viel geholfen. Vielen Dank, aber das schaffe ich schon.“

„Es macht mir nichts aus“, beharrte Jeannie.

„Mir aber. Ich weiß, dass du noch etwas mit Eva unternehmen willst, und ich werde nicht zulassen, dass du sie versetzt.“

„Okay, aber kommst du denn heute Abend zum Abendessen zu uns?“, fragte Jeannie. Sie warf ihrem Vater einen erwartungsvollen Blick zu.

Jeannie hatte Allie bereits gefragt, aber Allie hatte ausweichend geantwortet, da sie bezweifelte, dass die Einladung tatsächlich auch vom Vater des Mädchens gekommen war. Sie blickte ihn an.

„Ich habe *Yeminstes* gemacht.“ Dass diese Einladung von ihm bekräftigt wurde, erstaunte sie. Aber sie kannte den Grund dafür. Jeannie. Jeannie war sein Ein und Alles. Für seine Tochter würde er alles tun.

„Hmmm, das klingt köstlich.“ Gefüllte Tomaten waren sehr viel besser als Käse, Brot und Oliven, die es bei ihr zum Abendessen geben würde. „Aber es geht nicht. Nicht heute Abend.“ Auf den enttäuschten Seufzer von Jeannie schlug Allie ihr schnell vor: „Vielleicht morgen Abend?“

„Aber warum nicht heute?“, beharrte Jeannie.

„Jeannie“, ermahnte Stavros sie.

Doch Allie war gern bereit, es ihr zu erklären. „Ich bin erschöpft, Jeannie. Und ich brauche dringend ein Bad.“ Sie blickte zum Vater des Mädchens hinüber. „Also werde ich wohl ziemlich beschäftigt sein.“

Eine Stunde später hörte Stavros, wie Allie die letzten beiden Eimer Wasser die siebzehn Stufen hinaufschleppte. Er hatte gezählt, wie oft sie mit den vollen Eimern an seiner Tür vorbeikam. Zwanzig Eimer Wasser, jeweils zwei Eimer auf einmal, bedeutete, dass sie zehnmal bei ihm vorbeigekommen war. Beim dritten, siebten und neunten Mal wäre er beinahe hinausgegangen, um ihr zu helfen, aber jedes Mal hatte er sich gerade noch zurückgehalten. Das letzte Mal hatte seine Hand bereits auf dem Türknauf gelegen und seine Knöchel waren weiß hervorgetreten, so fest hatte er ihn umklammert.

Es war nicht so, dass er faul war oder ihr nicht helfen wollte. Er hätte ihr gern geholfen. Ihm hätte es nicht so viel ausgemacht, die Wanne für sie zu füllen. Aber er hatte sich eingeredet, dass er ihr damit keinen Dienst erwies.

Sie musste lernen, wie schwer das Leben in einem entlegenen Dorf sein konnte, solange sie noch abreisen konnte. Selbst unter den besten Bedingungen wäre das Leben in Kastro für einen Stadtmenschen schwierig. Dazu kam diese verflixte Familienfehde und eine defekte Wasserpumpe.

Er seufzte erleichtert auf, als er hörte, wie sie die leeren Eimer vor ihre Tür stellte. Dass sie das Wasser tatsächlich vom Garten ins Bad tragen würde, hatte er ihr nicht zugetraut. Er war davon überzeugt gewesen, dass diese Vorstellung sie abschrecken würde. Und bei ihrem fünften Gang hatte er gedacht, sie würde sich auf eine halbvolle Badewanne einlassen.

Doch da hatte er sich geirrt. Sie hatte trotz ihrer Erschöpfung weitergemacht und er empfand unwillkürlich Bewunderung für ihren eisernen Willen.

Als sie das BESETZT-Schild unter seiner Tür hindurchschob, schnappte er sich einen Apfel aus der Schale und verließ das Haus. Er würde Charger einen Besuch abstatten. Vielleicht würde er sogar den ganzen Abend dort bleiben.

Kapitel 12

Krach!

Allie fuhr erschreckt im Bett hoch. Im sanften Schein der Straßenlaterne erkannte sie, dass eine der Verandatüren zerbrochen war. Anstelle des glatten Glases stachen scharfe Glaszacken wie Messer aus dem Rahmen.

Draußen wütete ein Sturm, ein ganz normaler Sturm, der Regen brachte. Ein Sturm, der sich wie ein Luftwirbel durch das zerbrochene Glas schob, ihr um die Nase pfiff und an ihren langen, seidenweichen Haaren riss.

Sie streckte die Hand nach ihrer Nachttischlampe aus. *Klick.* Nichts passierte. Im Zimmer blieb es dunkel. *Klick, klick, klick.* Hektisch versuchte sie es ein paarmal mit vor Furcht weit aufgerissenen Augen. Aber es tat sich nichts. Der Strom war ausgefallen.

„Allie!“ Sie hörte Stavros’ Stimme, und Erleichterung durchzuckte sie. Sie war ja nicht allein. Stavros war im Flur.

„Stavros!“, rief sie. Sie war froh, dass es ihr gelang, das Entsetzen aus ihrer Stimme herauszuhalten, das sich ganz langsam in ihr breitmachen wollte. „Die Tür ist offen.“ Zum Glück hatte sie vergessen, die Tür abzuschließen, nachdem sie im Bad gewesen war. „Kommen Sie rein. Aber seien Sie vorsichtig. Hier liegen überall Glassplitter.“

„Ich ziehe schnell Schuhe an und bin gleich wieder da.“

Er war nur kurz fort. Als er hereinkam, drang ein Lichtstrahl ins Zimmer, und nie war ihr ein Anblick willkommener gewesen.

In seinen Wanderstiefeln, die er in der Eile nicht zugeschnürt hatte, knirschte er über den Boden. „Was ist geschehen?“, fragte er mit vom Schlaf belegter Stimme.

Sie zuckte die Achseln und deutete zu dem zerbrochenen Fenster. „Ich weiß es nicht …“ Eine Windbö riss an einem ihrer Fensterläden: „Vielleicht hat ein Ast die Fensterscheibe zerbrochen?“

Im trüben Licht der Taschenlampe beobachtete sie, wie sich sein Mund spöttisch verzog. „Vor dem Haus stehen keine Bäume.“ Er leuchtete mit der Taschenlampe durch das mit Glasscherben übersäte Zimmer. „Wo sind Ihre Schuhe?“, fragte er, als sie schwieg.

Sie verzog das Gesicht und deutete zu dem zerbrochenen Fenster. „Ich habe sie gestern Abend dort hingestellt.“

Der Strahl der Taschenlampe erfasste ihre gelben Flip-Flops, ihre Sandalen und Laufschuhe. Sie standen noch an derselben Stelle, an der sie sie abgestellt hatte, in einer ordentlichen Reihe unter dem Fenster, jetzt allerdings inmitten einem Meer von Glasscherben. „Haben Sie noch andere?“

„Ich habe noch Wanderstiefel.“ Sie deutete auf einen großen Koffer in der hinteren Ecke des Wohnzimmers. „Aber die sind noch nicht ausgepackt.“

Bevor sie wusste, wie ihr geschah, beugte er sich hinunter, legte einen Arm um ihren Rücken, während sich der andere unter ihre Knie schob. „Was machen Sie da?“, fragte sie und strich hektisch ihren Schlafanzug glatt.

„Bereits vor Jahren habe ich gelernt, niemals den Koffer einer Frau zu durchwühlen“, erklärte er ihr, während sich ihre Arme instinktiv um seinen Hals legten und ihr Kopf an seine Schulter sank.

Er blickte auf sie herab und ihre Augen trafen sich. Ganz langsam neigte er den Kopf; ihr Gesicht hob sich ihm entgegen. Ihre Lippen berührten sich in einem kurzen Kuss, der wundervoll war, voller Staunen und Liebe.

Bisher hatte Allies Liebe ausschließlich dem Jungen auf dem Foto gegolten, der von ihrem Nachttisch lächelnd zu ihnen hochsah. Doch damals war er nur ein Junge gewesen und sie viel jünger als er. Obwohl sie später gelegentlich mit einem Mann ausgegangen war, soweit ihr Medizinstudium ihr Zeit dafür ließ, hatte sie noch nie so für einen Mann empfunden. Stavros hatte Gefühle in ihr geweckt, von denen sie gedacht hatte, dass sie nur im Märchen existierten.

Nach diesem wundervollen Kuss trug er sie in den Wohnbereich. Dort stellte er sie ganz vorsichtig, als wäre sie die kostbarste Frau der Welt, auf den Boden.

Er lächelte.

Sie lächelte.

Als seine Grübchen in den Wangen auftauchten, wusste sie, dass er etwas sagen würde. „Du bist mir eine Frau, Dr. Allie Alexander."

Plötzlich war Allie verlegen und sie wandte sich von ihm ab ihrem Koffer zu. Stavros schien sich ebenfalls unbehaglich zu fühlen.

Allie fand ihre Wanderstiefel und streifte sie über. Als sie in den Schlafbereich gingen, fiel ihr Blick auf einen tennisballgroßen Stein. „Jetzt wissen wir, wie das Fenster zu Bruch gegangen ist."

Sie griff nach dem Stein und spürte sein Gewicht in ihrer Hand, während sein Blick zu ihrem Kopfkissen wanderte, wo ihr Kopf eben noch gelegen hatte, knapp zwei Meter von der Stelle entfernt, wo der Stein gelandet war. „Dieser Stein hätte dich sehr verletzen können, wenn er dich getroffen hätte."

„Das hätte sein können", räumte sie ein und verzog das Gesicht. „Aber das hat er nicht", erinnerte sie ihn. „Und ich glaube nicht, dass der Stein geworfen wurde, um mich zu verletzen. Er sollte mich nur erschrecken."

„Das glaube ich auch. Aber ich finde die Situation trotzdem beängstigend."

„Ich gehe nicht", gab sie zurück.

Sie starrten einander an, Gegner und doch keine Gegner.

Mit einem tiefen Seufzer drehte sich Stavros um und ging zu ihrem Schreibtisch. Er zündete die Laterne an, die er mitgebracht hatte, als er ihre Wohnung betreten hatte. Das Buch, das sie auf ihrem Schreibtisch liegen gelassen hatte, rief bei ihm eine spöttische Reaktion hervor. „*Sammlung klassischer Märchen?* Liest du so etwas?"

„Ich mag Märchen."

„Ich finde, Märchen sind nicht einmal für Kinder gut", bemerkte er. Er blickte sie an, bevor er das Buch auf den Schreibtisch zurücklegte. „Aber wenigstens begreife ich jetzt, warum du in deinen Erwartungen so unrealistisch bist."

Ihre Augenbrauen schossen in die Höhe. „Ich bin unrealistisch? Stavros, wenn mich mein Beruf als Ärztin eines gelehrt hat, dann realistisch in meinen Erwartungen zu sein."

Sein Blick wanderte erneut zu ihrem Märchenbuch. Eine Bibel und ein medizinisches Fachbuch lagen daneben. Er schüttelte den Kopf, dann deutete er auf das zerbrochene Fenster und den Stein, den sie immer noch in der Hand hielt. „Du brauchst vermutlich eine gute Fee, die dir aus diesem Schlamassel heraushilft."

Sie erinnerte sich, dass Papouli für sie eine männliche gute Fee gewesen war. Aber noch mehr als diesen wundervollen Mann brauchte sie ihren Glauben. „Eigentlich", sagte sie, ging zu ihrem Schreibtisch, legte den Stein aus der Hand und nahm stattdessen ihre Bibel, „denke ich, dass ich nur die Gewissheit brauche, dass ich an dem Ort bin, an dem Gott mich haben will, Stavros. Das ist ein Glaube, der mich fähig macht, meinen Weg Gott anzuvertrauen und ihm zu vertrauen, auch wenn Menschen", sie deutete auf den Stein, „mir Böses wollen."

Er starrte auf die Bibel in ihren Händen und sagte: „Glaubst du wirklich, dass Gott für dich sorgt?"

„Absolut." In ihrer Stimme lag nicht der Hauch eines Zögerns. „‚Wir wissen aber, dass denen, die Gott lieben, alle Dinge zum Besten dienen'", zitierte sie aus Römer 8 den Vers 28. „Ich liebe ihn, daraus folgt, dass er mich auch liebt, sehr sogar."

„Das ist ein Märchen", zischte er.

Sie nahm ihr Märchenbuch zur Hand. „Nein, das hier sind Märchen." Sie hob die Bibel in ihrer rechten Hand höher. „Was hier drin steht –", sie hielt inne, um ihren Worten mehr Gewicht zu verleihen, „ist die Wahrheit." Sie deutete auf die Ikonen an der Wand über dem Schreibtisch, die einige der großen Christen darstellen sollten. St. Nikolaos und der heilige Paulus waren nur zwei von ihnen. „Genau daran haben auch sie geglaubt."

„Du bist wie sie – ein Idealist."

Allie widersprach ihm nicht. Allerdings musterte sie ihn, wie sie einen Patienten mustern würde, wenn sie eine Diagnose stellen musste. „Weißt du, was ich denke, Stavros? Ich denke, dass eigentlich du der Idealist bist; ein Idealist der gefährlichsten Art. Du bist einer, dessen Ideale zerstört worden sind."

Er winkte ab, als würde er eine Fliege verscheuchen. „Das ist lächerlich."

„Wirklich?" Er gab keine Antwort, darum fuhr sie fort. „Weißt du, das ist eigentlich ein weit verbreitetes Phänomen. Viele Menschen, eigentlich die meisten, neigen dazu, Gott die Schuld zu geben, wenn nicht alles so läuft, wie sie sich das vorstellen, wenn das Leben sie aus der Kurve wirft." Sie lächelte trocken und senkte den Blick. „Oder sie von einem Stein getroffen werden. Die Sache ist, die meisten Menschen begreifen sehr schnell den Trugschluss in ihrem Denken."

Seine Oberlippe verzog sich zu einem spöttischen Grinsen. „Weißt du, Dr. Alexander, das ist wirklich eine erstaunliche Aussage, zumal du diejenige bist, die gerade angegriffen worden ist."

„Warum erstaunlich? Es zeigt doch nur, dass ich keine Idealistin bin. Ich kenne das Wesen des Menschen sehr gut. Ich gebe zu, dass es schön gewesen wäre, hier in Kastro willkommen geheißen zu werden, und es war ein ziemlicher Schock für mich, dass das nicht der Fall war. Aber ich habe schon Schlimmeres erlebt. Ich werde auch das überstehen." Sie legte ihre Bibel wieder auf den Schreibtisch und fuhr liebevoll mit den Fingern über den Einband, bevor sie ihren Blick erneut auf Stavros richtete. „Vor allem, wenn Gottes Wort mich leitet."

Er hob abwehrend die Hand. „Ich sage dir was, Allie, ich lebe auf meine Art und du auf deine."

Sie lächelte. „Nicht auf meine Art, nach Gottes Art. Wenn ich mein Leben nach meinen Wünschen gestalten würde, so wie ich das möchte, nun, sagen wir, ich wäre vermutlich nie nach Kastro gekommen. Schon gar nicht als Ärztin."

Er deutete auf die Laterne und brachte ihr Gespräch damit zu einem Ende. „Ich lasse sie dir da." Dann deutete er mit dem Kopf zur Straßenlaterne. „Überall sonst im Dorf gibt es Strom."

Sie wirbelte herum zu der Straßenlaterne, die die Dunkelheit erhellte. „Du meinst –"

Er brachte den Satz für sie zu Ende. „Wir sind das einzige Haus ohne Strom."

„Sie haben die Stromleitung durchgeschnitten?"

Stavros zuckte die Achseln. „Ich nehme es an."

Allie seufzte und ließ sich auf das Sofa sinken. „Soll ich die Polizei rufen?", fragte sie nach einer Weile.

„Wenn du das möchtest, gern, aber hier geht es um eine Dorffehde mit einer eigenen Rechtsprechung. Wenn nicht jemand verletzt wird, wird die Polizei normalerweise nicht eingeschaltet."

„Werden denn normalerweise Menschen verletzt?"

„Nein", erwiderte er. „In dieser Zeit wird eher mit psychologischen Waffen gekämpft."

Sie seufzte. „Das dachte ich mir."

Eine Windbö riss an den Glasscherben, die aus dem Fensterrahmen im Schlafzimmer hervorstanden. Mit einer Handbewegung zum Schlafbereich sagte er: „Ich helfe dir beim Aufräumen –"

„Nein." Sie klopfte auf das Sofa. „Ich schlafe hier weiter und räume morgen Früh auf."

„Es macht mir nichts aus."

Sie hob die Hand. „Aber mir. Ich bin jetzt zu müde, um aufzuräumen." Ihr Blick wanderte zu Dales Foto.

„Wer ist das?" Stavros' Stimme klang neugierig.

Sie blickte zu ihm hoch, bevor sie sich wieder dem Foto zuwandte. Sie beugte sich vor und fuhr sanft mit den Fingerspitzen über das glatte Bild des Jungen, der beinahe ein Mann war. „Wir waren Kindheitsfreunde. Ich wollte ihn heiraten. Wir hatten vor, gemeinsam Medizin zu studieren, eine Gemeinschaftspraxis auf dem Land zu eröffnen und … glücklich und zufrieden zu leben bis an unser Lebensende."

„Was ist passiert?"

Allie drehte sich um. „Vor etwa zehn Jahren wurde er ein Opfer eines Gewaltverbrechers." Sie hielt inne und erklärte. „Bei einem Raubüberfall auf einen Supermarkt geriet er in einen Schusswechsel."

Stavros' Gesicht wurde weicher. „Das tut mir leid", murmelte er.

Allie seufzte. Es war ein Seufzer, in dem die Ereignisse des Abends und die Erinnerungen an Dales Tod ihren Widerhall fanden. „Noch mal vielen Dank für deine Hilfe", bedankte sie sich in der Hoffnung, er würde verstehen, dass sie jetzt allein sein wollte.

Aber das war nicht der Fall. Stavros richtete den Strahl der Taschenlampe erneut auf das zerbrochene Glas. „Lass mich das aufräumen. Du brauchst mir nicht dabei zu helfen."

„Ich mache es morgen Früh."

Seine Kiefermuskeln spannten sich. „Allie –"

Sie hob die Hand, um ihn am Weitersprechen zu hindern. „Ich gehe nicht", fuhr sie ihn an. Als er sie anlächelte, starrte sie ihn verblüfft an.

„Ich wollte sagen, es gibt auch gute Menschen in Kastro und Menschen, die die Hilfe brauchen, die du ihnen geben kannst. Gib ihnen einfach ein wenig Zeit."

„Soll das heißen, du möchtest nicht, dass ich weggehe?", fragte sie vorsichtig.

„Ich bin immer noch der Meinung, dass Kastro nicht der richtige Ort für dich ist." Er deutete zu den Glasscherben hinüber. „Das ist der Beweis dafür." Er hielt inne. „Aber du sollst trotzdem wissen, dass du, da du nicht weggehen willst, auf meine Hilfe zählen kannst."

Erleichtert lächelte sie ihn an. „Danke. Das bedeutet mir viel."

Stavros lächelte zurück, als wollte er ihr versichern, dass es auch ihm viel bedeutete.

Kapitel 13

Allie erwachte am Morgen von dem Wind, der noch an Stärke zugenommen hatte und der jetzt auch heißer und trockener war als in der ereignisreichen Nacht.

Sie steckte ihre Füße in die Wanderstiefel und stapfte damit zum Kühlschrank, um sich ein Glas Orangensaft zu nehmen. Die Stromversorgung war noch nicht wieder hergestellt worden und das Getränk war nur leicht gekühlt, aber zumindest war es erfrischend. Während der Saft durch ihre ausgedörrte Kehle rann und sein natürlicher Zuckergehalt ihr neue Energie gab, wurde ihr klar, was auf keinen Fall passieren durfte.

Ihre Beziehung zu Stavros durfte nicht über die freundschaftliche Ebene hinausgehen.

Auf keinen Fall. Professionalität war ihr wichtig.

Es durfte keine Küsse mehr geben.

Sie konnten Freunde sein.

Platonische Freunde.

Punkt.

Sie atmete tief durch.

Punkt.

Nachdem sie dieses Problem zumindest verstandesmäßig gelöst hatte, kehrte sie schnell die Glasscherben zusammen und zog für ihren ersten Arbeitstag in der Praxis ein blassgelbes Sommerkleid an.

Doch als sie kurz darauf ihre Wohnung verließ und Stavros hoch oben auf einer Leiter balancieren sah, wurde ihr klar, wie irrational intellektuelle Entscheidungen waren angesichts der Gefühle, die sie beide empfanden.

Ihre Blicke trafen sich. Stavros hielt die beiden Enden des sauber durchtrennten Kabels in die Höhe. Das war eine Warnung, vorsichtig zu sein.

Sie richtete sich hoch auf, nickte ihm zu und ging zu der Treppe. Sie spürte seinen Blick auf sich ruhen.

Als sie um die Ecke bog und er sie nicht mehr sehen konnte, blieb sie einen Augenblick stehen und ließ ihren Blick über die Dächer des Dorfes gleiten. Aus eigener Erfahrung wusste sie jetzt, dass der Frieden, den es scheinbar ausstrahlte, falsch war. Es gab keinen Frieden in der Welt, und es gab auch keinen Frieden in dem abgelegenen Dorf Kastro.

Ihr Blick blieb an den blauen Fensterläden von Papoulis Haus hängen. Das Wort *Frieden* kam ihr in den Sinn, aber dieses Mal mit einer positiven Bedeutung. Sein Heim war ein Hafen der Wärme, Freundschaft und gottesfürchtigen Liebe. Sie lächelte und freute sich über das, was sie dort gefunden hatte. Ihr Blick wanderte hinüber zu den Dachziegeln der alten byzantinischen Kirche in der Nähe von Papoulis Heim. Er war echt. Ein wahrer Diener Gottes.

Allies Lippen bewegten sich kurz, bevor sie die Worte schließlich aussprach. „Herr, ich bitte dich im Namen deines lieben Sohnes Jesus Christus, mir zu helfen“, flüsterte sie schließlich. Es war ein einfaches Gebet, wie so viele Gebete in den vergangenen zweitausend Jahren an den Herrn der Herrlichkeit gerichtet worden waren. Aber da sie ganz fest an die liebevolle Fürsorge Gottes glaubte, konnte es etwas bewirken. Wie so viele Gläubige vor ihr, in diesem Dorf und auf der ganzen Welt, vertraute Allie fest darauf, dass Gott ihr zu Hilfe kommen würde. Nachdem sie ihre Sorgen ihrem himmlischen Vater anvertraut hatte, setzte sie ihren Weg nun leichteren Schrittes fort.

Als Allie jedoch ein paar Minuten später die Praxis erreichte und die Schildkröte auf dem Rücken liegen sah, die kurzen Beine hilflos in die Luft gestreckt, und die Tür der Praxis vom Wind hin und her geworfen wurde, ahnte sie, dass sie immer wieder Gott um Hilfe anflehen müsste. Sie stellte die Schildkröte auf die Beine, nahm sich die Zeit, sie in eine geschützte Ecke zu einer Schale mit

Wasser zu setzen, bevor sie das Unheil verkündende Dunkel betrat, das sich hinter der offen stehenden Tür verbarg. Sie hatte die Haustür am Abend zuvor abgeschlossen, das wusste sie genau. Anscheinend hatte jemand, der einen Schlüssel besaß, den Räumen einen Besuch abgestattet.

Allie konnte sich denken, wer das gewesen war.

Sie streckte die Hand aus, schob die Tür vorsichtig auf, knipste das Licht an und schrie entsetzt auf.

Die Praxis war verwüstet worden. Die Wände, die Martha, Jeannie und sie am Abend zuvor so sorgfältig getüncht hatten, waren mit Grafitti beschmiert, das Allie an ein vernachlässigtes Stadtviertel erinnerte.

Allie war sauer. Richtig sauer.

Sie nahm sich nicht die Zeit, auch nur das Licht auszuschalten, sondern ließ die Praxis, wie sie sie vorgefunden hatte, mit offen stehender Tür, zurück und stürmte wutentbrannt durch das Dorf zum Kafenion.

Sie hatte jetzt genug.

Vielleicht war sie unbeabsichtigt in eine alte Familienfehde hineingeraten, aber das bedeutete nicht, dass sie eine passive Mitspielerin sein musste.

Wenn die Leute aus dem Dorf auf Härte setzten, nun, das konnte sie auch.

Viele hielten sich in ihren Gärten auf, um ihre Gartenmöbel vor dem Sturm in Sicherheit zu bringen. Als sie Allie mit vor Zorn gerötetem Gesicht ankommen sahen, wollten sie wissen, was los war, und viele folgten ihr. Einige Großmütter schickten sogar ihre Enkel mit, damit sie ihnen Bericht erstatteten.

Als Allie ins Kafenion stürmte, schrie die mürrische Ireni auf, doch Allie machte sich nicht die Mühe, der unfreundlichen Frau mehr als einen Blick zu gönnen. Sie marschierte direkt zu Tasos Drakopoulos' Tisch und ließ die Faust auf die Tischplatte krachen. Der Kaffee in den Tassen schwappte über den Rand und ergoss sich auf die Untertassen.

„Ich werde nicht fortgehen!", zischte sie ohne Vorrede mit harter Stimme.

Ein verächtliches Grinsen machte sich auf Drakopoulos' Gesicht breit, was Allies Verdacht bestätigte. Er steckte hinter allem, was passiert war – die Schlangen an ihrer Tür, der nächtliche Steinwurf und die Verwüstung der Praxis. Daran bestand für sie nicht die Spur eines Zweifels.

„Sie sind hier nicht erwünscht", erklärte er und wiederholte damit das, was er ihr bereits bei ihrer Ankunft in Kastro gesagt hatte. Aber jetzt kannte Allie die Krankheit, die sich in dieses Dorf eingeschlichen hatte, und konnte sie bekämpfen.

„Sie sollten besser dafür sorgen, dass die Praxis bis zum Mittag gereinigt und wieder in dem Zustand ist, in dem Sie sie vorgefunden haben, bevor Sie sie verwüstet haben, sonst setze ich mich mit dem Gesundheitsamt in Verbindung und informiere die Behörde über das, was hier vorgeht." Befriedigt beobachtete Allie, wie Drakopoulos erbleichte. Aus den Augenwinkeln heraus bemerkte sie, wie die anderen Männer im Kafenion sich bedeutungsvolle Blicke zuwarfen. Sie hatte ihre volle Aufmerksamkeit. Als sie weitersprach, kam sie sich vor wie ein Rechtsanwalt in einem Gerichtssaal und nicht wie eine Ärztin. „Wenn nicht, wird das Gesundheitsamt Kastro die Ehre und das Vorrecht entziehen, Sitz der landärztlichen Bezirkspraxis zu sein. Dieses Vorrecht wird dann an eines der Nachbardörfer fallen."

Ihre Zuhörer schnappten nach Luft, ein Geräusch, das sich auch draußen wiederholte, als ihre Worte an die wartenden Ohren der anderen Dorfbewohner drangen. Allie hatte das Dorf an einer empfindlichen Stelle getroffen. Sie hatte auf die Rivalität der Griechen gesetzt, eine Rivalität, die bereits in den alten hellenistischen Stadtstaaten begonnen hatte, in denen es wegen jeder Kleinigkeit zu kriegerischen Auseinandersetzungen gekommen war. Sie hatte vermutet, dass bestimmt eines der Nachbardörfer Kastro um die Arztpraxis beneidete.

Jetzt war sie sich dessen sicher.

Ohne ein weiteres Wort, ohne einen Muskel in ihrem Gesicht zu bewegen, drehte sie sich um und verließ das Kafenion.

Am Mittag, wenn sie nach der Praxis sah, würde sie es wissen.

Bis dahin …

Sie würde zu ihrer Wohnung gehen, auf die Knie fallen und beten.

Kapitel 14

Als Allie gegen Mittag in ihre Praxis kam, erfrischt durch ihre Zeit des Gebets und den anschließenden Mittagsschlaf, durch den sie einen Teil des Schlafs nachholte, den sie in der Nacht versäumt hatte, konnte sie sich davon überzeugen, dass sie mit ihrer Einschätzung der Situation richtig gelegen hatte. Die Einwohner von Kastro wollten die Bezirkspraxis nicht verlieren, auch wenn sie in Kauf nehmen mussten, dass sie als Ärztin dort praktizierte.

Die Praxisräume waren makellos sauber, vielleicht sogar sauberer, als Martha, Jeannie und sie sie am vorhergehenden Abend verlassen hatten.

Die Schmierereien waren von den Wänden geschrubbt worden und man hatte sie wieder neu getüncht. Der Boden war dieses Mal mit einer professionellen Maschine gereinigt worden und glänzte, als gehöre er in ein Herrenhaus, nicht in eine einfache Arztpraxis mitten im Nichts. Etwa zehn Frauen waren gerade dabei, ihre Utensilien zusammenzuräumen, doch als Allie sah, wer diese ganze Operation beaufsichtigte, runzelte sie unmutig die Stirn und wünschte beinahe, sie hätte dem Männerclub kein Ultimatum gestellt.

Aus dem Untersuchungsraum gewatschelt kam die nette Sophia Drakopoulos. Eine Hand hatte sie auf ihren Bauch gelegt, in der anderen hielt sie einen Eimer mit einer blauen Flüssigkeit, während sie einer Frau erklärte, wie sie die Flecken aus dem Waschbecken entfernen sollte. In diesem unbeobachteten Augenblick war in ihren Augen zu lesen, wie erschöpft Sophia tatsächlich war. Allie mochte sich gar nicht vorstellen, dass Sophia seit dem frühen Morgen durchgängig hier geschuftet hatte. Diese überhitzten Praxisräume waren nicht der richtige Ort für eine schwangere Frau. Allie hatte den Verdacht, dass Sophia völlig erschöpft war und unter der Hitze litt, aber das ließ sich natürlich nur durch eine Untersuchung feststellen. Sie hoffte, dass da nicht noch etwas anderes war.

„Sophia", rief Allie. Das feine Gesicht der Frau leuchtete auf, als sie sich umdrehte und Allie erblickte.

„Yatrinna." Sophia streckte ihr die Hand entgegen. „Ich war so traurig, als ich hörte, was passiert ist." Mit einem zufriedenen Ausdruck in ihren blauen Augen blickte sie sich im Raum um. „Aber ich denke ...", ihre Stimme war kaum lauter als ein atemloses Flüstern, „Sie müssen zugeben, dass die Frauen alles wieder in Ordnung gebracht haben."

Allie blickte sich um und registrierte auch die vielen kleinen Zugaben, die die Frauen ihr hatten zukommen lassen. Blumentöpfe mit Pflanzen, einen Gummibaum, eine Palme, die geflickten Polster, zwei neue Stühle, Bilder an den Wänden und sogar einen neuen Schrank im Untersuchungsraum. Darüber freute sich Allie ganz besonders, denn sie hatte sich schon gefragt, wo sie ihre vielen Medikamente unterbringen sollte. Die neuesten Ausgaben verschiedener Zeitschriften lagen auf dem Tisch im Wartezimmer, und als sie eintrat, bemerkte sie, dass sogar der Garten in Ordnung gebracht worden war. Die Rosenstöcke waren beschnitten, die Erde darunter geharkt, und neben der Tür war eine Bougainvillea gepflanzt. Der Eindruck der Vernachlässigung war vollkommen von dem kleinen Gebäude verschwunden.

„Es ist toll." Und während sie Sophia mit den Augen der Ärztin musterte, ermahnte sie sie: „Aber Sie haben hier nichts zu suchen."

Sophia winkte ab. „Ich habe erst heute erfahren, in welch schrecklichem Zustand sich die Praxis befunden hat, als Sie angekommen sind. Es tut mir leid, Yatrinna. Ich hätte sauber gemacht, wenn ich das gewusst hätte."

„Dann bin ich froh, dass Sie es nicht wussten", erwiderte Allie. Sie war davon überzeugt, dass Sophia die Räume auch allein sauber gemacht hätte, wenn ihre Drohung nicht gewesen wäre. „Sie müssen jetzt nach Hause gehen und sich ausruhen. Wir alle haben unter der Hitze zu leiden, aber besonders Sie und Ihr ungeborenes Kind."

Allies Worte verklangen. Sophia winkte ab und unterbrach sie. „Wir Dorffrauen sind aus einem harten Holz geschnitzt, Yatrinna."

Allie runzelte die Stirn. Sie war auch der Meinung, dass Dorffrauen widerstandsfähig waren, aber zulasten ihrer Gesundheit, denn die meisten hatten bereits mit Anfang vierzig einen „Watschelgang", wie sie es nannte. Die vielen Wintertage draußen im Regen, wenn sie die Tiere fütterten, die Wäsche wuschen, an den Holzöfen kochten und eine Vielzahl von anderen Arbeiten erledigten, ließ sie bereits in jungen Jahren an Arthritis in den Hüften erkranken. Allie nahm Sophia den Eimer mit der Lösungsflüssigkeit aus der Hand und reichte ihn mit einem Lächeln an eine Frau weiter, die gerade vorbeikam. Mit sanftem Nachdruck schob sie Sophia zur Tür. „Abgehärtet oder nicht, Sie gehen jetzt nach Hause ins Bett. Das ist eine ärztliche Anordnung."

Sophia hielt ihr Gesicht in den Wind. „Trotz des Windes ist es sehr heiß", gestand sie. Mit einem müden Lächeln drehte sie sich zu Allie um. „Ein Mittagsschlaf klingt wirklich sehr gut", räumte sie ein, während sie mit der Hand über ihren Bauch strich.

Allie wusste, dass sie sich nur um des Babys willen, das sie sich so sehnlichst wünschte, auf eine Mittagspause einließ. „Ich möchte Sie morgen untersuchen", erklärte sie, solange Sophia in der richtigen Stimmung war.

Müde lächelnd nickte Sophia. „Morgen", wiederholte sie. Allie beobachtete, wie Sophia den anderen Frauen zuwinkte und sich dann schwerfällig auf den Weg zu ihrem Haus machte.

Seufzend wandte sich Allie wieder der Praxis zu. Aus irgendeinem Grund machte sie sich Sorgen um Sophias Zustand, vermutlich, weil sie keinerlei Informationen über ihre Vorgeschichte hatte.

Während Allie zusah, wie die Frauen, die ihr scheue Blicke und ein zögerndes Lächeln zuwarfen, ihre Reinigungsutensilien zusammensuchten, wuchs in ihr die Überzeugung, dass es außer Sophia noch mehr nette Frauen im Dorf gab.

Sehr viel mehr.

Das machte Allie Hoffnung.

Da sie bereits am späten Vormittag ein wenig geschlafen hatte, ließ Allie die Siesta ausfallen. Sie packte ihre Koffer aus und verbrachte den Nachmittag im Schatten ihrer mit Wein berankten Veranda und las ein Buch über die Geschichte Griechenlands.

Nach einiger Zeit stieg ihr der würzige Duft von gebratenem Hähnchen in die Nase.

Ihr Magen begann zu knurren.

Oregano und Pfeffer würzten die Luft und sie hob den Kopf und schnüffelte, wie es Jeannies goldige kleine Siamkatze tun würde. Ihr war gar nicht bewusst gewesen, wie hungrig sie war.

Sie stellte einen Keramiktopf auf ihr Buch, damit es nicht fortflog, erhob sich und ging in die Küche, um zu sehen, was ihre Küche hergab.

Im Schrank fand sie eine Dose Sardinen und einen Karton Frühstücksflocken, im Kühlschrank entdeckte sie Eier, Joghurt und Milch. Leckere Sachen, aber definitiv nicht das Richtige für das tägliche Mittag- und Abendessen. Sie warf die Kühlschranktür zu. Es war an der Zeit, das Kochen zu lernen. Früher hatten ihr Vater und ihr Bruder gekocht, und später ihre Tante, als sie während des Medizinstudiums bei ihr gewohnt hatte. Danach hatte Allie häufig in der Krankenhauskantine gegessen oder in einem Restaurant. Als sie wieder auf ihre Veranda kam, wurde ihr plötzlich klar, dass sie in Kastro nicht zum Essen ausgehen könnte. Sie musste jetzt lernen, sich selbst etwas zu kochen. Da blieb ihr keine Wahl.

Sie wollte es auch. Als der Wind ihr erneut den verheißungsvollen Duft zutrug, überlegte sie, ob sie dem Duft vielleicht folgen und sehen sollte, ob die Hausfrau, aus deren Küche der Duft drang, sich überreden ließ, es ihr beizubringen. Nun nahm sie den Duft von gebratener Zucchini wahr.

Zucchini war ihr Lieblingsgemüse, ein kulinarisches Festessen, und Allie lief buchstäblich das Wasser im Mund zusammen.

Die Zubereitung von Zucchini würde sie als Erstes lernen, nahm sie sich vor. Sie versuchte, das Grummeln ihres Magens zu ignorieren und sich wieder auf ihr Buch zu konzentrieren, als es an ihrer Tür klopfte.

Sie lief mit nackten Füßen über den Holzboden und öffnete die Tür.

Stavros stand vor ihr und lächelte sie an.

„Hallo", begrüßte er sie. In seiner Stimme lag ein Anflug von Schüchternheit, der sie verwirrte.

„Hallo", erwiderte sie leise. Seine Schüchternheit schien ansteckend zu sein.

„Ich bin mit einer Friedensgabe gekommen."

„Solange es kein trojanisches Pferd ist", gab Allie schlagfertig zurück. Doch als sie seinen fragenden Blick bemerkte, legte sie den Kopf zur Seite und erklärte: „Ich habe mich den ganzen Nachmittag mit der Geschichte Griechenlands beschäftigt."

„Ach so", erwiderte er, „das berühmte hölzerne Pferd des trojanischen Krieges. Daher stammt der Ausdruck: ‚Vorsicht vor falschen Freunden'." Er lachte. „Ein militärischer Geniestreich", bemerkte er und lächelte. „Aber nein. Ganz anders als beim trojanischen Pferd ist die Gabe, die dieser griechische Amerikaner anbietet, aufrichtig gemeint. Ein Picknick."

„Ein Picknick?", wiederholte Allie und starrte ihn verblüfft an. Doch als ihr Magen ausgerechnet jetzt laut knurrte, brachen beide in Gelächter aus.

Er zeigte mit der Hand auf ihren Bauch und sagte: „Ich denke, ich habe gerade meine Antwort bekommen."

„Allerdings", gestand sie. „Wann soll dieses Picknick denn stattfinden?" Es berührte sie tief, dass er sie einlud.

„In etwa fünfzehn Minuten?"

Sie nickte erneut und wollte sich gerade in ihre Wohnung zurückziehen, als er auf ihre nackten Füße deutete. „Oh, und bitte feste Schuhe oder Wanderstiefel anziehen."

„Stiefel?"

Er nickte. „Ich dachte, wir gehen hoch zur Festung."

„Zur Festung?" Ängstlich wanderte ihr Blick zu der Vegetation an dem Pfad, der zur Burg hinaufführte. Die meisten Pflanzen waren in der großen Augusthitze zu einem schönen Gold vertrocknet, und nur die Kakteen lieferten ein wenig Grün. „Aber gibt es denn dort keine Schlangen?"

Er lachte. „Ich denke, liebe Allie, dass dir hier unten mehr Schlangen begegnet sind, als du je dort oben antreffen wirst", erwiderte er. Ihr war klar, dass er bereits von ihrem neuesten Problem erfahren hatte. Sie stellte sich innerlich auf eine erneute Auseinandersetzung mit ihm ein. Sie wollte nicht schon wieder hören, dass sie Kastro besser verlassen sollte. Doch als sie in seinen Augen das Aufflackern von Bewunderung bemerkte, entspannte sie sich wieder.

„Aber falls wir tatsächlich Schlangen begegnen sollten, liebe Allie", fuhr er mit bewunderndem Tonfall fort, „wirst du wissen, wie du damit umzugehen hast, da bin ich mir sicher." Leise lachend drehte er sich um und ging um die Veranda herum zu seiner Haustür.

Als Stavros um die Ecke verschwunden war, blieb Allie noch eine Weile an der Haustür stehen. Sie war noch fassungslos darüber, dass er ihr ein Kompliment gemacht und sie zu einem Picknick eingeladen hatte.

Ihre Praxis war geputzt und konnte morgen eingeräumt werden, und jetzt das.

Kastro, dachte sie, als sie zur Festung hochschaute, die in der Abendsonne rosa glühte, *wird immer freundlicher.*

Und hatte Stavros sie tatsächlich „liebe Allie" genannt?

Nicht nur einmal, sondern sogar zweimal.

Kapitel 15

Der Weg zur Festung war sehr steil.

Aber er war auch wunderschön, voller Düfte, und schon bald hatte Allie jeden Gedanken an Schlangen vergessen, als sie Stavros auf dem gewundenen Pfad folgte.

Nach der letzten Biegung lag der Rundbogen der westlichen Mauer vor ihnen. Zwei alte Zypressen bewachten den Eingang wie zwei einsame Soldaten, die Wache hielten. Zwei Stützpfeiler ragten zu beiden Seiten auf.

Als Allie an den Mauern der Festung hochschaute, fiel ihr auf, dass sie sehr gut erhalten waren. Auch wenn der Festungswall vereinzelt abbröckelte, war er immer noch intakt.

„Woran denkst du gerade?", fragte Stavros.

„Es ist wunderschön", erwiderte sie.

„Ich dachte mir schon, dass es dir gefallen wird." Er berührte sie leicht an der Schulter und drehte sie um, weil er ihr den Ausblick zeigen wollte. „Sieh dir das an!"

Als sie sich umdrehte und die Schönheit der Landschaft, die sich unter ihr ausbreitete, in sich aufnahm, schnappte sie nach Luft. Das Tal und die umgebenden Berge war ja schon ein atemberaubender Anblick, aber dass sie sogar bis zum Ionischen Meer sehen konnte, das wie eine Kristallwelt im Westen schimmerte, das verblüffte sie.

„Ich wusste gar nicht, dass das Meer von hier aus zu sehen ist und dass Kastro gar nicht weit davon entfernt liegt."

„Kastro liegt nur etwa vierzig Kilometer Luftlinie vom Meer entfernt", erklärte Stavros. „Genau deswegen –", er streckte den Arm aus und beschrieb einen Kreis, der das umliegende Land und das

Meer umfasste, „wurde die Festung hier erbaut. Sogar Eindringlinge, die mit dem Schiff kamen, wurden frühzeitig entdeckt."

„Unglaublich", flüsterte sie ehrfürchtig, während sie abwesend ihren Zopf anhob, damit der Wind über ihre Haut streichen konnte.

„Ist dir warm?"

Mit einem kläglichen Lächeln ließ sie ihren Zopf wieder los. „Du machst wohl Witze? Bei dieser arktischen Kälte?", erwiderte sie scherzend und hielt ihre Hand in den heißen Wind. „Und dir?", fragte sie.

Er nickte und deutete zur Festung hinüber. „Darum habe ich auch eine Klimaanlage für das Abendessen bestellt." Er ging zu den Stufen, die zum großen Portal hinaufführten. Sie folgte ihm.

„Klimaanlage?" Allie trat neben ihn. „Wie das?" Seit sie die Staaten verlassen hatte, war sie nicht mehr in den Genuss einer Klimaanlage gekommen, und ganz bestimmt hätte sie eine solche technische Errungenschaft nicht hier oben in einer verlassenen Festung erwartet. Aber nachdem sie Stavros in das Innere der Festung gefolgt war, begriff sie. Im Innern dieser dicken Mauern war es mindestens zehn Grad kühler, wenn nicht noch mehr. „Ist das herrlich!"

„Die Menschen früher haben sich durch dicke Festungsmauern vor der sengenden Hitze geschützt."

„Und wir Menschen der modernen Welt denken, wir hätten die Vorteile von Klimaanlagen erfunden."

„Das haben wir nicht", erwiderte er, und Allie meinte einen ironischen Unterton in seiner Stimme herauszuhören. „Wir wissen nur nicht mehr, wie man Häuser mit dicken Mauern und tiefen Fundamenten auf festem Stein baut, die uns vor den Elementen der Erde schützen", erklärte er. Seine Kiefermuskeln waren angespannt wie die Sehne eines Flitzebogens.

Allie hatte den Eindruck, dass seine Äußerung bildlich gemeint war und er etwas ganz anderes als ein Haus meinte. Ihr fielen einige Verse aus dem sechsten Kapitel des Lukasevangeliums ein. Ohne zu zögern zitierte sie sie.

„Ein weiser Mann hat einmal gesagt: ‚Wer zu mir kommt und

hört meine Rede und tut sie – ich will euch zeigen, wem er gleicht. Er gleicht einem Menschen, der ein Haus baute und grub tief und legte den Grund auf Fels. Als aber eine Wasserflut kam, da riss der Strom an dem Haus und konnte es nicht bewegen; denn es war gut gebaut.'" Sie hielt inne.

„Worte Jesu", murmelte Stavros.

Sie nickte, ein wenig überrascht, dass er diese Verse kannte. Aber es war eine angenehme Überraschung.

„Sprich weiter."

Sie hatte das Gefühl, dass gerade etwas sehr Wichtiges geschah, und zitierte weiter. „‚Wer aber hört und nicht tut, der gleicht einem Menschen, der ein Haus baute auf die Erde, ohne Grund zu legen; und der Strom riss an ihm und es fiel gleich zusammen, und sein Einsturz war groß.'"

Nur die Geräusche der natürlichen Welt um sie herum waren zu hören – das Lied der Schwalben, die am Abendhimmel spielten, das Rascheln der Bäume und Büsche im Wind, das Summen der Bienen.

„Es ist nicht so, dass ich nicht an Gott glaube, Allie." Seine Stimme war tief, aber in ihr schwang etwas mit, das Allie nur als resignierte Traurigkeit beschreiben konnte. „Ich glaube, dass Jesus Christus Gottes Sohn ist und dass er vom Himmel auf die Erde gekommen ist, um alle Menschen von der Sünde zu erlösen, damit wir ewiges Leben bekommen können."

Sie jubelte über seine Erklärung, auch wenn sie fragte: „Aber trotzdem glaubst du nicht, dass er hier und heute für dich sorgt, oder?"

Seufzend fuhr er sich mit der Hand über das Gesicht. Es war der tiefe, traurige Seufzer eines Mannes, der seinen Lebensweg viel zu lange allein gegangen war. Sie war nicht erstaunt, als er das Thema wechselte. „Was hältst du davon, wenn wir jetzt etwas essen?", fragte er.

Allie lächelte zustimmend, während sie beobachtete, wie er seinen Rucksack vom Rücken nahm. Für sie war die Zusicherung, dass er an das Erlösungswerk Jesu glaubte, als würde sie bei einem Menschen mit einer schweren Krankheit den Puls spüren. Sie bekam langsam eine Vorstellung davon, was mit ihm los war. Sie hoffte nur, dass sie noch mehr erfuhr, bevor der Abend vorbei war.

Denn Stavros Andreas war ihr sehr lieb geworden.

Ein hervorragendes Essen erwartete sie.

Und er machte es tatsächlich zu einem Festmahl.

Stavros bat sie, draußen vor dem Eingang der Festung zu warten, unter den Stützpfeilern, während er alles vorbereitete. Als er sie hereinrief, bewunderte sie die Tischdecke aus Spitze, das Silberbesteck und die handgezogene, hellviolette Kerze, die auf einem antiken Kerzenständer flackerte. Sie blickte zu ihm auf. „Stavros, das ist unglaublich."

Lächelnd schob er ihr einen der beiden Stühle zurecht, damit sie Platz nehmen konnte. „Da es in der Umgebung von Kastro keine Restaurants gibt, musste ich lernen zu improvisieren."

Sie lachte, aber nur, um den unerwarteten Stich der Eifersucht zu verbergen. „Ach so? Bringst du häufiger Frauen hierher?", fragte sie, während sie zusah, wie er auf dem zweiten Stuhl Platz nahm.

„Du bist die Erste."

Sie war verwirrt. „Aber …?"

„Jeannie. Ich gehe mindestens einmal im Monat mit Jeannie hier herauf", erklärte er. Allies Lippen verzogen sich zu einem Lächeln. Zum einen aus unerwarteter Erleichterung, aber auch weil sie sich für das Mädchen freute, das einen so liebevollen und fürsorglichen Vater hatte. „Sie liebt das." Er deutete auf den Tisch. „Die Spitze, den Kerzenständer, alles. Ich bewahre vieles von den Sachen, den Tisch, die Stühle, das Silber und die Gläser, hier oben auf."

Allie musterte die Gegenstände mit großer Neugier. Er sprach tatsächlich von Silber, nicht von Cromargan. „Wird das denn nicht gestohlen?"

„Die Verbrechensrate in Griechenland ist sehr niedrig – vermutlich die niedrigste in Europa. Hier in Kastro werden praktisch keine Verbrechen verübt."

„Abgesehen von der Familienfehde?“, meinte sie trocken.

Er zog die Augenbrauen in die Höhe. Sie hatte leider nicht ganz Unrecht. Doch dann hob er sein Glas, um das Thema zu wechseln. Und sie ließ sich nur zu gern darauf ein. „Auf die Freundschaft“, sagte er und lächelte sie an.

Als sie ihr langstieliges Glas mit dem sprudelnden Mineralwasser hob, wusste sie, dass es eher eine Bitte als ein Trinkspruch war – eine Bitte, die auch ihren Wünschen entsprach. Sie stieß vorsichtig mit ihm an und nahm das, was er ihr anbot, mit fröhlichem Herzen an. „Auf die Freundschaft“, wiederholte sie, bevor sie einen Schluck von dem süßen, erfrischenden Wasser nahm.

„Martha hat mir übrigens erzählt“, sagte sie nach einer kurzen Weile nachdenklichen Schweigens, „dass du vor etwa drei Jahren von Washington hierher gezogen bist. Was hast du dort gemacht? Gelehrt?“

Er nahm den Behälter mit dem Essen von der Steinbank neben dem Tisch. „Ja. Mittelalterliche Literatur.“

„Was?“ Damit hatte sie nicht gerechnet.

„Ich bin Professor für mittelalterliche Literatur.“

„Professor?“ Sie hatte immer gewusst, dass hinter diesem Mann mehr steckte, als man vermutete.

Er nickte, und sie fragte: „Wo hast du gelehrt?“

„An der Universität von Georgetown.“

Sie trank einen Schluck Wasser. „Ich bin beeindruckt.“

„Meine Arbeit hier in Kastro ist viel interessanter und wichtiger. Nichts ist schöner, als mithelfen zu können, junge Menschen zu formen.“

„Oh, da stimme ich dir zu“, beeilte sie sich zu versichern. „Aber deine Universitätsqualifikation ist von großem Wert für diese jungen Menschen, weil du über einen großen Wissensschatz verfügst. Sag mir, was gefällt dir beim Unterrichten am besten?“

„Kinder sind so ehrlich. Sie sprechen aus, was sie denken, erzählen, wie sie die Dinge sehen. Die Welt und alles, was damit zu tun hat.“

Sie fuhr mit Daumen und Zeigefinger über den Stiel ihres Sektglases. „Das habe ich auch bei meiner Arbeit erlebt. Die Kinder wollen wissen, was ich tue, wenn ich sie untersuche. Warum machst du das? Tut es weh? Alles. Sogar die Diagnose wollen sie erfahren."

„Und du erklärst es ihnen?"

„Wenn es möglich ist. Du hast vermutlich bei deiner Arbeit dasselbe festgestellt – der Umgang mit den Eltern ist der schwierigste Teil."

Er lächelte zustimmend. „Wie wahr."

Die Mahlzeit verlief mit freundlichem Geplauder.

Etwas später saßen sie auf den Stufen der Burg und genossen eine Schale mit Weintrauben und den Ausblick. Die in der Sonne gereiften Früchte schmeckten so frisch, dass Allie glaubte, die Sonne herausschmecken zu können. Und der Ausblick war einfach unbeschreiblich. „All das, das Essen, der Ausblick, die Burg, es ist wirklich wie im Märchen."

„Diese Burg ist alles andere als Teil eines Märchens, Allie", gab er sofort zurück.

Sie wollte nicht schon wieder mit ihm streiten, schon gar nicht an diesem ganz besonderen Abend. Versöhnlich die Hände in die Höhe haltend, sagte sie: „Ich wollte nicht andeuten ..."

„Weißt du, wie viel Blut genau hier an der Stelle, an der du sitzt, deine Weintrauben verspeist und den Ausblick genießt, vergossen worden ist? Hunderte, Tausende von Menschen haben ihr Leben hier verloren", sagte er. „Nein, Allie, dieses Land war zu reich, strategisch zu gut gelegen, um es ins Reich der Märchen einzuordnen."

Ihr Blick ruhte einen Augenblick auf ihm. Sie ärgerte sich, dass er sie bewusst missverstanden hatte. „Ach ja, ich vergaß", erwiderte sie sarkastisch. „Du magst ja keine Märchen? Nicht einmal für Kinder."

„Vor allem nicht für Kinder."

„Warum, Stavros? Warum bist du ein solcher Pessimist, dass du keine Fantasie in deinem Leben dulden kannst? Im Leben deiner Tochter?"

„Ich bin kein Pessimist, Allie. Wie ich dir bereits gestern Abend erklärt habe, bin ich ein Realist. Und meiner Tochter geht es auch ohne diese idealistischen Geschichten, die unrealistische Erwartungen in ihrem kleinen Kopf entstehen lassen, gut."

„Und du denkst, du wärst ein Realist, nur weil du die schönen, märchenhaften Dinge aus deinem Leben verbannst? Du denkst, wenn du sie ignorierst, kannst du Verletzung und Schmerz in deinem Leben und im Leben deiner Tochter verhindern?"

„Nein", fuhr er sie an, „aber ich glaube sehr wohl, dass auf diese Weise unrealistische Erwartungen vermieden werden können. Ich glaube nun mal nicht an ein Happy End."

Allie schnappte nach Luft. „Das ist traurig, sehr traurig. Das Happy End, an dem Gott beteiligt ist", erklärte sie, „existiert nämlich, Stavros."

Er betrachtete sie einen Augenblick. „Sag mir, Allie Alexander, wie stellst du dir ein Happy End vor?", fragte er, hob aber sofort die Hand, um sie an einer Antwort zu hindern. „Nein, warte. Ich weiß es. Du willst einen gut aussehenden Mann heiraten und glücklich in Freuden leben."

Das war ein wenig zu einfach ausgedrückt, kam der Realität aber doch ziemlich nahe. Sie schob ihr Kinn vor. „Und warum nicht?"

„Zuerst und vor allem, weil du eine Karrierefrau bist."

Sie starrte ihn verblüfft an. Hatte sie da irgendetwas verpasst? War das ein Gedankensprung? „Wie bitte?"

„Du bist berufstätig und liebst deine Abeit", wiederholte er, als würde das alles erklären.

„Ach tatsächlich?"

„Du bist mit deiner Arbeit verheiratet."

Sie blinzelte erneut. „Das bin ich nicht!"

„Ach komm schon, Allie. Du hast mir gerade erzählt, dass du nicht einmal kochen kannst", bemerkte er mit Anspielung auf ihr Gespräch während des Essens.

„Du willst also sagen, man muss kochen können, um glücklich und in Freuden leben zu können?"

Er schnaubte verächtlich. „Ich glaube nicht, dass Frauen alles haben können. Sie können nicht einen Beruf ausüben und ihrer Familie gerecht werden. Das funktioniert einfach nicht. Irgendjemand bezahlt immer. Entweder die Kinder, die Frau oder der Mann."

Allie blickte ihn an wie ein Arzt seinen Patienten. In seinen Augen entdeckte sie einen Schmerz, der ihn häufiger zu quälen schien. Denselben Ausdruck hatte sie schon häufig bei schwerkranken Menschen gesehen. Und darum wurde sie nicht ärgerlich. Sie wurde sehr persönlich. „Erzähle es mir, wie hat deine Frau dich so schlimm verletzt?"

Er zuckte zusammen, als hätte ihn jemand geschlagen, und Tränen traten in ihre Augen, als sie den Ausdruck des Schmerzes bemerkte, der sich über sein Gesicht gelegt hatte. Sie hob die Hand und sprach leise; jeglicher Anflug von Selbstgerechtigkeit war jetzt aus ihrer Stimme verschwunden. „Es tut mir leid. Ich hatte kein Recht –"

„Nein", wehrte er ihre Entschuldigung ab. Er sprach jetzt leise, nicht mehr feindselig. „Nein. Eigentlich –", er hielt inne und lächelte sie an, „möchte ich es dir erzählen." Er hielt erneut inne. „Bisher habe ich nur meiner Mutter und Papouli anvertraut, was ich dir jetzt erzählen werde, aber –"

„Stavros –"

„Ich möchte es", bekräftigte er und nickte. Sie wartete ab. „Meine Frau –" Er fuhr sich mit der Hand über die Augen und atmete tief durch. „Sie wollte Jeannie nicht. Von Anfang an. Als meine Frau feststellte", fuhr er fort, „dass sie schwanger war, wollte sie –", er brach mitten im Satz ab und verzog das Gesicht. „Sagen wir, bis meine Frau eine bestimmte Woche überschritten hatte, ließ ich sie keinen Augenblick aus den Augen, aus Angst, sie könnte unserem ungeborenen Kind, meinem kleinen Baby, meiner Jeannie etwas antun." Sein Blick schweifte über das Tal, aber Allie war klar, dass er nicht den Ausblick wahrnahm, sondern in Gedanken bei jener schwierigen Zeit weilte. Seine Frau hatte Jeannie abtreiben wollen.

„Jeannie hat mir erzählt", vertraute sie ihm nach einer Weile an, „dass es für sie gewesen sei, als ob ihre Mutter tot wäre, obwohl sie –", sie zögerte kurz, „noch am Leben war."

Wie die Augen eines Adlers, der seine Beute in den Blick nahm, richtete sich sein Blick auf sie. „Das hat Jeannie gesagt?", fragte er mit erstickter Stimme.

Irritiert durch seinen bohrenden Blick, nickte Allie bestätigend. „Was erzählt sie denn sonst über ihre Mutter?"

„Nichts."

Allie starrte ihn verblüfft an.

„Nichts?"

„Absolut nichts. Niemandem", bestätigte er. „Ihre Mutter ist das einzige Thema, über das sie auch mit mir nicht redet. Egal, wie sehr ich auch versuche, sie dazu zu bewegen." Er hob die Hände, die Geste eines hilflosen Vaters.

Jeannie schien eine besondere Beziehung zu Allie zu empfinden, dass sie mit ihr sogar über ihre Mutter sprach. Allie zuckte die Achseln. „Ich weiß nicht, was ich sagen soll."

„Ich schon." Er drehte sich zu ihr um und fuhr ganz sanft mit seinem Handrücken über ihre Wange. Sein Blick wurde weich, und in seinen Augen las sie Bewunderung und Zuneigung, Empfindungen, die ganz anders waren als das, was er noch vor kurzem für sie empfunden hatte. Sie schickte ein stummes Dankgebet zum Himmel. „Du bist ein Gottesgeschenk", sagte er, und an seinem Tonfall erkannte Allie, dass er genauso überrascht war von seinen Worten wie sie.

Er fuhr fort: „Ich glaube, dass Gott dich wirklich hierher geschickt hat, hierher nach Kastro, damit du meinem kleinen Mädchen und mir hilfst. Dass sie nicht über ihre Mutter gesprochen hat, hat mich sehr belastet. Denn ich wusste, es ist ungesund, und ich glaube, das war der letzte Punkt, der mich daran gehindert hat, Gott wieder neu zu vertrauen. Auch wenn meine Frau uns verlassen hat, hat Gott es gut mit uns gemeint", gestand er. „In meinem Kopf weiß ich das schon eine ganze Weile." Er atmete tief durch. „Doch mein Herz war zu hart und schwer geworden. Es konnte nicht einsehen, was mein Verstand längst begriffen hatte."

Seine Lippen verzogen sich zu einem strahlenden Lächeln, das sein Gesicht erhellte und auch seine Augen erreichte. „Du bist mir eine Ärztin, Dr. Alexander. Nicht nur mein kleines Mädchen öffnet sich dir in einer Weise, wie sonst bei keinem anderen, und auch ich habe das Gefühl –", er legte seine Handfläche auf seine Brust, „dass mein Herz, das wie ein Eisblock in meiner Brust gelegen hat, endlich zu schmelzen beginnt."

„Oh Stavros." Sie legte ihre Hand über seine. Und als sie ihre Finger miteinander verflochten, rutschte sie näher an ihn heran, legte ihren Kopf an seine Brust und hörte sein schlagendes Herz. Sie schloss die Augen. „Ich höre es, Stavros. Ich fühle es."

Er zog sie fester an sich und murmelte in ihr Haar. „Vielleicht kann ich, nachdem Gott dich nach Kastro und zu mir geschickt hat, endlich glauben, dass Jeannie und ich ihm nicht egal sind."

„Oh Stavros", flüsterte Allie und blickte zu ihm hoch. „Das ist so. Das ist wirklich so."

„Mein Leben war perfekt, bis –", er hielt inne, „bis meine Frau schwanger wurde." Sein Blick schweifte in die Ferne. „Ich hatte keine Ahnung, dass sie keine Kinder wollte."

„Habt ihr denn nie darüber gesprochen, eines Tages eine Familie zu gründen?" Das war für Allie unbegreiflich. In ihrer Familie wurde immer gesprochen, und gebetet, über alles.

Er atmete tief durch und schüttelte den Kopf. „Nein. Für mich bestand gar kein Zweifel daran, dass wir eines Tages eine Familie gründen würden. Aber meine Frau war da offensichtlich anderer Meinung."

„Hat deine Frau … ich meine, hat sie an Gott geglaubt?"

„Das ist seltsam." Er schnalzte mit der Zunge. „Ja, sie hat an Gott geglaubt." Er zuckte die Achseln. „Ich schätze, sie ist irgendwo unterwegs verloren gegangen." Er blickte sie an, als versuche er, sie einzuschätzen. „Gestern Abend hast du mir erzählt, du wärst nie nach Kastro gekommen, wenn du nach deinem, nicht nach Gottes Plan gelebt hättest. Was hast du damit gemeint?"

Wie selbstverständlich lehnte sie sich wieder an ihn. Tief atmete sie die reine, frische Bergluft ein, während sie sich an der Schönheit der Landschaft freute. Die Sonne stand tief am Himmel und hob das Blau des Meeres besonders hervor und die Erde freute sich auf die Erholung, die die sternenklare Nacht ihr bald bringen würde.

Während sie, von seinen Armen umschlossen, die in den Schein der untergehenden Sonne getauchte Landschaft betrachtete, betete sie um Weisheit für ihre Antwort.

„Wenn ich an einem Ort wie diesem sitze, bin ich so dankbar, am Leben zu sein und zu wissen, wer mich sicher in seinen Händen hält." Sie drückte Stavros' Hand und beugte den Kopf nach hinten, um ihn direkt anzublicken, wenn sie ihm antwortete. „Meine Mutter starb, als ich noch klein war, und auch wenn ich den tollsten Vater der Welt hatte und außerdem einen Bruder, der mir den Mond vom Himmel geholt hätte, wenn ich ihn darum gebeten hätte, wäre ich nicht glücklich gewesen, wenn ich mir der Liebe meines himmlischen Vaters nicht sicher gewesen wäre. Menschen können nur begrenzt etwas von ihren Mitmenschen erwarten. Ich habe sehr früh lernen müssen, dass Menschen uns verlassen, Menschen, die wir lieben und die uns lieben. Die einzige Konstante im Leben ist Gott, der sich durch Jesus Christus geoffenbart hat. Er ist jetzt hier bei mir, und er war auch in New York und Athen bei mir. Ohne diese Konstante in meinem Leben hätte ich meine sichere Welt gewiss nie verlassen. Ich hätte ein Leben nach meinem Plan geführt, nicht das Leben, das Gott für mich vorgesehen hat. Er hat mich nach Athen geführt, damit ich dort mein Studium fortsetze." Bei der Erinnerung an diese Zeit lachte sie leise. „Und glaube mir, das war keine leichte Entscheidung. Und dann hat er mich nach Kastro geführt."

Stavros schüttelte den Kopf. Mit staunendem, doch respektvollem Tonfall sagte er: „Ich habe den Eindruck, dass dein Glaube an Gott sehr tief und reif ist."

Verlegen lächelte sie ihn an. „Das hat mein Bruder Alex auch immer gesagt. Was ist mit dir, Stavros?"

Er atmete tief ein und gestand: „Ich habe meinen Glauben an Gott nie verloren. Ich habe nie aufgehört, an ihn zu glauben, auch wenn ich das Gefühl hatte, dass er sich um mich und Jeannie und die anderen Menschen, die leiden, nicht kümmert." Er verzog das Gesicht. „Aber ich denke, mein Glaube orientierte sich daran, wie gut mein Leben lief. Als meine Frau unser Baby nicht wollte, dachte ich, ich sei Gott egal. Mein Glaube wurde nebensächlich, obwohl es eigentlich genau anders hätte sein sollen. Er hätte mich durch diese schwere Zeit hindurchtragen sollen." Stavros schüttelte den Kopf. „Ich weiß nicht. Vielleicht hatte ich idealistische Vorstellungen. Wahrscheinlich war ich der Meinung, ich hätte ein Anrecht auf ein problemfreies Leben."

„Idealist zu sein, ist nicht notwendigerweise etwas Negatives, Stavros. Du solltest dich aber immer darauf verlassen, dass Gott alles zu deinem Besten wirkt."

Er nickte. „Trotzdem ist es ein Schock, wenn man vom Leben so aus der Bahn geschleudert wird."

„Dann sei ein hoffnungsvoller Realist, so wie ich."

„Ein hoffnungsvoller Realist." Er ließ sich die Worte auf der Zunge zergehen. „Das gefällt mir." Er erhob sich und zog auch sie hoch. Damit beendete er ihr Gespräch. Es schien eine Angewohnheit von ihm zu sein, ein Gespräch abrupt zu beenden. Doch Allie hatte nichts dagegen. In den vergangenen Minuten hatte sie viel über ihn erfahren, wichtige Dinge, die sie einander näher brachten.

„Komm, die Sonne geht unter. Wir gehen den Weg jetzt besser wieder hinunter, bevor es zu dunkel wird."

„Den Weg", wiederholte Allie leise das Wort, das für sie von besonderer Bedeutung war, und zitierte einen Vers aus Psalm 119, den sie besonders mochte. „‚Dein Wort ist meines Fußes Leuchte und ein Licht auf meinem Wege.'"

Er hielt inne, und als er sie im schwindenden Licht des Tages anlächelte, durchzuckte sie der Gedanke, ob er vielleicht der Mann war, von dem sie ihr ganzes Leben lang geträumt hatte. „Du bist mir wirklich eine Ärztin, Allie Alexander", wiederholte er seine Worte von vorher.

„Oh, es ist der große Arzt, der in deinem Herzen am Werk ist, Stavros Andreas, nicht ich."

Er schnalzte mit der Zunge, als sie sich gemeinsam auf den Rückweg ins Dorf machten, und sie hörte ihn flüstern: „Vielleicht seid ihr beide das."

Kapitel 16

Die Tage, die auf jenen Abend folgten, waren für Allie die schönsten, die sie je erlebt hatte. Dass Gott sie und Stavros zueinandergeführt hatte und dass ihre immer stärker werdenden Gefühle füreinander von ihm gewollt waren, dessen wurden sich beide immer sicherer. Wenn Allie sich nicht in ihrer Praxis aufhielt, war sie bei Stavros und Jeannie in ihrer Wohnung oder die beiden waren in ihrer Wohnung oder sie besuchten gemeinsam Papouli und Martha oder sie gingen Hand in Hand spazieren. Es war, wie Jeannie an ihrem ersten Abend in Kastro nach dem Besuch bei Papouli gesagt hatte, als wären sie eine Familie.

Aber die Praxis war ein Problem.

Sie hatte keine Patienten. Nicht einmal die Älteren kamen, um sich den Blutdruck messen zu lassen, was die liebste Freizeitbeschäftigung von älteren Dorfbewohnern sei, wie man Allie erzählt hatte. Dass Drakopoulos zum Boykott der Praxis aufgerufen hatte, war offensichtlich.

Allie überlegte, ob sie dem Männerclub erneut drohen sollte, sich an das Gesundheitsamt zu wenden, wie sie es getan hatte, nachdem man ihre Praxis verwüstet hatte. Aber nach viel Gebet wurde ihr klar, dass sie Gott vertrauen und die Situation seinen fähigen Händen überlassen sollte. Sie übergab ihm alle ihre Ängste und wartete ab.

Allie selbst hatte kein Problem damit. Sie nutzte ihre freie Zeit, um sich mit den Menschen, für die sie da sein wollte, bekannt zu machen, und arbeitete sich durch die zahlreichen, sorgfältig geführten Patientenkarteien, die ihr Vorgänger hinterlassen hatte. Allerdings quälte sie die Sorge um Sophia.

Natürlich war sie nicht in die Praxis gekommen, obwohl Allie sie darum gebeten hatte. Ihr Mann war schließlich der Bruder von Tasos Drakopoulos. Sie hatte Allie auch nicht gestattet, sie bei sich zu Hause zu untersuchen. Ihre ärztliche Intuition sagte ihr, dass Sophia und ihr Baby vielleicht Opfer dieser dummen Familienfehde werden könnten.

Am vierten Tag nach der Praxiseröffnung fasste Allie den Entschluss, selbst die Initiative zu ergreifen und ihre Patienten aufzusuchen, wenn sie nicht zu ihr kamen. Sie hatte die Kartei einer Familie mit vier Kindern gefunden, die oben in den Bergen lebte. Der Vater versorgte die Kinder allein. Die letzten Impfungen standen noch aus. Sie beschloss, die Familie aufzusuchen. Als sie von Stavros erfuhr, warum die Familie ganz allein in den Bergen wohnte, schmolz ihr Herz vor Mitleid dahin.

Die Frau des Mannes war vor drei Jahren bei der Geburt des letzten Kindes gestorben. Voller Zorn auf die so genannte zivilisierte Welt, die nicht in der Lage gewesen war, seine Frau und sein Baby zu retten, war Petros Petropoulos mit seinen vier Kindern in sein Elternhaus zurückgekehrt und führte nun ein extrem einfaches Leben. Stavros erzählte ihr weiter, dass Petropoulos der Mann war, der am Tag ihrer Ankunft mit den Hühnern im Bus gesessen hatte. Allie war fasziniert.

Stavros bot ihr an, sie auf seinem Pferd zu der Familie zu bringen, und so wurde der Hausbesuch ein romantischer Ausflug in die Berge. Und das ganz besonders, weil Papouli, der Heiratsvermittler, Jeannie einlud, bei Martha zu bleiben und ihr zu helfen, selbst gemachte Pasta zu machen.

„Nun, Dr. Alexander“, sagte Stavros zu Allie, nachdem seine Tochter und der Priester die Praxis verlassen hatten. „Wie es scheint, haben wir den Vormittag ganz für uns allein.“ Er deutete in die Richtung, aus der das Lachen des Priesters und das Geschnatter des kleinen Mädchens zu hören waren, die unterwegs waren zum Haus des Priesters. „Ich liebe meine Tochter.“ Er fuhr mit dem Handrücken über Allies Wange, und sie beobachtete, wie sich seine Grübchen in seinen Wangen vertieften, ein sicheres Zeichen dafür, dass er glücklich und zufrieden war. „Aber ich bin froh, auch einmal mit der Frau allein zu sein, in die ich mich gerade verliebe."

„In die du dich verliebst?", wiederholte Allie zögernd. Sie war froh, dass er zum ersten Mal aussprach, was zwischen ihnen in der Luft hing, gleichzeitig war sie sich nicht sicher, ob sie zu ihren Gefühlen stehen könnte, wo ihre Aufgabe in Kastro noch immer in der Schwebe hing.

Er nickte und legte seinen Finger an ihre Lippen. Scheinbar konnte er ihre Gedanken lesen, denn er sagte: „Wir werden erst mal deine Situation hier klären." Er beugte sich vor und hauchte einen federleichten Kuss auf ihre Lippen. „Dann müssen wir miteinander reden."

„Miteinander reden?", wiederholte sie und ihr Herz machte einen Sprung.

„Hmm ... aber zuerst muss deine Position hier gefestigt sein." Er lächelte verlegen, als beide daran dachten, wie er sich anfangs gegen ihren Aufenthalt im Dorf gewehrt hatte. „Ich verstehe jetzt, wie wichtig deine Arbeit für dich ist – und für die Gesundheit der Menschen in diesem ländlichen Gebiet – und ich möchte nichts tun, was die Lage für dich noch schwieriger macht, als sie bereits ist."

„Danke, Stavros", sagte sie. „Mit deiner Unterstützung und Gottes Fürsorge habe ich das Gefühl, alles bewältigen zu können."

Er legte die Arme um sie und zog sie an sich. Sie genoss seine Nähe. „Du kannst alles, mein Liebling", flüsterte er ihr ins Ohr. „Du schaffst es."

„So. Das hat doch gar nicht weh getan, oder?", fragte Allie zwei Stunden später den kleinen Vassili, der ihr mit zitternden Lippen zusah, wie sie über die Stelle an seiner Hüfte rieb, wo sie ihm gerade eine Injektion gegeben hatte.

„Der Nagel, auf den ich gestern getreten bin, hat mir viel mehr weh getan", versicherte der Junge ihr, der nur mit Mühe die Tränen unterdrücken konnte.

Besorgt fragte Allie: „Welcher Nagel, *agori mou*, mein Junge?"

Der Junge hob seinen nackten Fuß und zeigte ihr den provisorischen Verband über der Wunde.

„Ich habe die Wunde ausgewaschen und Jod darauf getan, Yatrinna", erklärte die sechzehnjährige Maria, die die Hand ihres jüngsten Bruders hielt. Allie lächelte das nette Mädchen an. Maria tat ihr leid. Es war, als wäre die Kindheit vollkommen an dem Mädchen vorbeigegangen. Allie wünschte, sie könnte den Vater der Kinder irgendwie dazu bringen, wieder nach unten ins Dorf zu ziehen, wo sie Hilfe bekamen.

Sie wendete sich wieder dem Fuß des Jungen zu und entfernte den Verband. Es kostete Allie große Mühe, beim Anblick der Wunde nicht zusammenzuzucken. Trotz Marias Bemühungen war sie rot und hatte sich entzündet. „Das hast du gut gemacht, Maria." Allie wusste, das Mädchen hatte alles getan, was unter diesen primitiven Umständen möglich war. Den Jungen fragte sie: „Hast du den Nagel noch?"

„Na klar! Ich habe ihn aufgehoben!", erwiderte er, genau wie Allie vermutet hatte. Von ihrem Bruder und von Dale wusste Allie, dass Jungen gern solche Dinge wie Nägel aufhoben. Und ganz besonders einen Nagel, auf den sie getreten waren. „Er liegt in meinem Krug."

„Ich hole ihn", bot Stephanos an, der älteste Junge, ein Jahr jünger als Maria, und ging zum Bett auf der anderen Seite des einzigen Raumes des Hauses. Er holte einen Keramikkrug unter dem Bett hervor und brachte ihn seinem jüngeren Bruder.

Der Junge kramte in seinen Schätzen herum und präsentierte Allie schließlich den Nagel, als wäre er eine Trophäe.

Erschrocken riss sie die Augen auf. Es war das rostigste, scharfkantigste Stück Metall, das sie je gesehen hatte. Obwohl es früher vermutlich einmal ein Nagel gewesen war, sah es jetzt nicht mehr wie einer aus. Vielleicht war es ein Überbleibsel von einem alten byzantinischen Gebäude. „Hmm, ich schätze, das hat ganz schön weh getan."

„Sehr sogar", korrigierte der Junge sie.

„Nun, ich fürchte, jetzt musst du noch eine Spritze bekommen."

„Aber warum?" Seine Lippen begannen wieder zu zittern.

Sie beugte sich vor und sah ihm in die Augen, als sie ihm erklärte: „Um sicherzugehen, dass der rostige alte Nagel dich nicht krank macht."

„Oh." Das schien ihn zu beruhigen. „Ich möchte nicht krank werden."

Allie fuhr ihm durch seine hellen Haare, die, wie sie überrascht festgestellt hatte, sehr sauber waren. Alle Petropoulos-Kinder waren gepflegt, genau wie ihr einfaches, aber sehr malerisches Haus.

Als sie die Injektion vorbereitete, blickte sie Stavros an. Beide wussten, dass der Junge vermutlich sehr krank geworden und an Wundstarrkrampf erkrankt wäre, wenn sie nicht ausgerechnet an diesem Tag gekommen wäre. Sie blickte Kyrios Petropoulos an. Erstaunt stellte sie fest, dass er es ebenfalls zu wissen schien.

Er nickte ihr zu, auf rätselhafte Weise, als hätte er gerade eine schwerwiegende Entscheidung getroffen. „Wenn Sie hier fertig sind, Yatrinna, kommen Sie doch bitte nach draußen. Dann reden wir." Er nickte Stavros zu und beide Männer verließen den Raum.

Allie sah ihnen nach, bevor sie sich wieder ihrer Aufgabe zuwendete. Sie mochte Petros Petropoulos. Wenn er nicht gerade wie an jenem Tag im Bus seine quirligen, gackernden Hühner festhielt, war er ein sehr ruhiger, gebildeter Mann. Er hatte sich an sie erinnert und war erstaunt gewesen, als sie mit Stavros aufgetaucht war. Noch verblüffter war er, als er erfuhr, dass sie Kastros neue Ärztin war. Nicht weil sie eine Frau war, sondern weil ihr seine Kinder so wichtig waren, dass sie den weiten Weg in die Berge auf sich genommen hatte, um nach ihnen zu sehen.

Nachdem die Kinder versorgt waren, schenkte sie ihnen eines der Puzzlespiele, die sie für die Kinder des Dorfes mitgebracht hatte, und ging hinaus zu den Männern. Sie saßen an einem Tisch, der aus dem Stamm einer dicken Eiche gearbeitet war, mit passenden Stühlen aus den Ästen desselben Baums, eine wunderschöne Gartengarnitur. Die Leute in New York würden viel Geld dafür ausgeben.

„Wie geht es dem Jungen?", fragte Petros besorgt.

„Die Wunde wird gut verheilen. Ich habe eine Salbe und Tabletten für ihn dagelassen." Sie hielt inne. „Dieser Nagel war sehr rostig. War Ihnen denn nicht klar, dass er eine Tetanusspritze brauchen würde?"

„Ich bin erst heute Morgen zurückgekommen. Ich war oben im Tannenwald und habe nach meinen Bäumen gesehen. Die Kinder haben mir davon erzählt. Ich hatte den Nagel nicht gesehen und war genauso schockiert wie Sie."

Allie fragte sich, was er wohl empfunden hätte, wenn sein Kind plötzlich an Wundstarrkrampf erkrankt wäre. „Kyrios Petropoulos, Sie sind weit von jeglicher Zivilisation und Hilfe entfernt, falls Sie je in eine Situation kommen, in der Sie Hilfe brauchen. Warum ziehen Sie mit den Kindern nicht wieder ins Dorf? Sicher lässt sich jemand finden, der Ihnen bei der Hausarbeit hilft, und Ihre Kinder könnten zur Schule gehen." Allie hatte bereits festgestellt, dass alle Kinder außergewöhnlich klug waren.

„Ich glaube, Sie haben recht", erwiderte Petros, ohne zu zögern.

Stavros wirbelte zu ihm herum. „Wie bitte?"

Petros lächelte. „Ich sagte, ich glaube, die Ärztin hat recht."

„Aber ich versuche seit zwei Jahren, dich von diesem Berg wieder ins Dorf zu holen."

„Yatrinna!", rief Vassili. „Wir haben das Puzzle fertig. Wollen Sie es ansehen?"

Allie warf Stavros ein amüsiertes Lächeln zu, bevor sie sich erhob. Sie spürte, dass Petropoulos' Antwort ihn nicht nur verblüffte, sondern vollkommen fassungslos machte. An Petros gewandt, sagte sie: „Ich bin froh, dass Sie ins Dorf zurückkommen. Ich freue mich schon darauf, Ihre Kinder häufiger zu sehen – nicht nur aus medizinischen Gründen", erläuterte sie, bevor sie sich entschuldigte und zu den Kindern ins Haus ging.

„Einai koukla", sagte Petros über Allie, genau wie an jenem Tag an der Bushaltestelle.

Stavros versteifte sich. „Ist das der Grund, warum du wieder ins Dorf ziehst? Du interessierst dich für die Ärztin?"

„Das ist doch lächerlich, mein Freund. Du und sie, ihr seid

füreinander bestimmt, genau wie meine Emily und ich füreinander bestimmt waren."

Stavros wunderte sich darüber, dass Petros das nicht nur so schnell gemerkt hatte, sondern es auch in Worte fasste. Normalerweise sprach er nicht viel, und jedes Wort, das über seine Lippen kam, hatte darum umso mehr Gewicht. „Und warum willst du dann so plötzlich von diesem Berg herunterkommen?"

„Weil ich jetzt einen guten Grund dafür habe." Petros deutete mit dem Kopf zur Tür hinüber, durch die Allie gerade verschwunden war. „Diese Ärztin wird alles menschlich Mögliche tun, damit nicht noch eins meiner Kinder stirbt."

„Aber in Kastro gab es doch schon andere Ärzte. Meinst du nicht, dass auch sie sich Mühe gegeben hätten?"

Petros schnaubte verächtlich. „Sie haben nie genügend Interesse gezeigt, um auch nur mal nach uns zu sehen", brach es aus ihm hervor.

Stavros musste zugeben, dass er die Wahrheit sagte. Die anderen beiden Ärzte hatten es immer sehr eilig gehabt, Kastro wieder zu verlassen. Sie wollten nur ihr Jahr abarbeiten und wieder verschwinden. Sie hatten ihre Pflicht erfüllt, waren aber nicht mit dem Herzen dabei gewesen. Sie waren nicht wie Allie Alexander.

Stavros runzelte die Stirn. Er fragte sich, warum ihm das nicht schon früher aufgefallen war. Allie war die erste Ärztin, die nach Kastro gekommen war, weil sie es wollte, nicht, weil sie es musste. Und alle hatten ihr das Leben schwer gemacht, auch er.

Etwas später waren sie wieder nach Kastro unterwegs. Allie saß vor ihm auf Chargers Rücken und Stavros drückte ihr einen Kuss in den Nacken. „Danke, liebe Allie."

Der Sattel knarrte, als sie sich umdrehte und ihn fragend anblickte. „Wofür?"

„Dass du nach Kastro gekommen bist und zwei Einsiedler gerettet hast – Petros und mich."

Sie legte ihre Hand an seine Wange. „Oh, mein Liebling, weißt du denn nicht, dass du dasselbe für mich getan hast?"

Auf Allies Bitte hin setzte Stavros Allie bei ihrer Praxis ab. Sie wollte noch einige Papiere durchgehen und in der Praxis sein, für den Fall, dass doch jemand dringend ärztliche Hilfe benötigte. Als nach zwei Stunden immer noch niemand gekommen war, schloss sie ab und machte sich auf den Heimweg. Sie wollte noch in Sophias Laden vorbeigehen unter dem Vorwand, etwas einzukaufen.

Als sie durch den Perlenvorhang trat, rechnete sie damit, Sophia an der Theke stehen zu sehen. Doch sie saß auf einem Stuhl, ihr Kopf lehnte an der Wand; die Augen hielt sie geschlossen. Allie ging leise zu ihr hin und legte ihr die Hand auf die Stirn. Besorgnis machte sich in ihr breit, als sie spürte, wie feucht ihre Stirn war.

Sophia öffente die Augen. Als sie Allie erblickte, lächelte sie.

„Yatrinna." Ihre Stimme war noch leiser als sonst und langsam, müde. Wie eine alte Frau ergriff sie Allies Hand. Allie nutzte die Gelegenheit, ihren Puls zu kontrollieren. Erleichtert stellte sie fest, dass er normal war.

„Sophia, Sie sind erschöpft. Was tun Sie hier?"

„Yiannie, mein Mann, hatte etwas im Weinberg zu erledigen. Ich wollte den Laden nicht schließen."

„Kommen Sie, ich bringe Sie zu Bett und untersuche Sie. Bitte, Sophia. Ich mache mir Sorgen um Sie."

„Das ist nicht nötig", ertönte eine harsche Stimme von hinten. Allie brauchte sich nicht einmal umzudrehen, um zu wissen, zu wem sie gehörte: Elani Drakopoulos, ihre Stimme war unverkennbar. „Meine Schwägerin braucht keine Ärztin, die nach ihr sieht", fuhr sie fort und entzog Allie Sophias Hand.

„Kyria Drakopoulos, Ihre Schwägerin ist hochschwanger und vollkommen erschöpft. Sie sollte im Bett liegen, vorzugsweise im Bett eines Krankenhauses, wo bestimmte Tests durchgeführt werden können."

Der Perlenvorhang vor dem hinteren Eingang wurde beiseite geschoben und ein Mann, vermutlich Sophias Ehemann, kam herein. „Elani? Sophia?" Er blickte Allie fragend an und sie streckte ihm die Hand hin. Er ergriff sie. Allie hielt sie einen Augenblick fest.

„Kyrios Drakopoulos, ich bin Dr. Alexander. Ich rate Ihnen dringend, Ihre Frau in die Praxis zu bringen. Sie braucht vollkommene Ruhe. Außerdem muss ich einige Tests durchführen."

„Das ist doch lächerlich", krächzte Elani. „Ihr geht es gut. Sie ist nur ein wenig müde, weil wir Hilopitas gemacht haben."

Entsetzt wandte sich Allie an Sophia. „Hilopitas!", rief sie. Unter normalen Umständen war die Herstellung der Pasta keine besonders schwierige Aufgabe für die Dorffrauen. Aber auf keinen Fall hätte Sophia den ganzen Tag damit verbringen dürfen, Teig zu kneten, ihn zwischen Papier in dünne Streifen auszurollen, dann in tausend winzige Stücke zu schneiden und zum Trocknen in die Sonne zu legen. „Sophia, in Ihrem Zustand ist das nicht gut für Sie."

„Schon in Ordnung", flüsterte Sophia, und Allie bemerkte, dass das Sprechen ihr im Augenblick zu viel wurde.

Allie wandte sich an ihren Mann. „Ich rate Ihnen dringend, Ihre Frau in die Praxis zu bringen ..."

„Nein", unterbrach Elani heftig. „Sie braucht keinen Arzt. Nur ihr Bett."

Den Ausbruch der anderen Frau ignorierend, sprach Allie weiter mit Sophias Mann. „Kyrios Drakopoulos, ich vermute, dass Ihre Frau einen leichten Hitzschlag erlitten hat. Sie braucht Hilfe."

Die Unentschlossenheit trieb den Mann um. Er schien keinen Mumm zu haben. Vermutlich hatte er sein Leben lang im Schatten seines Bruders gestanden. Aber einen kurzen Augenblick schien in seinen Augen etwas wie Zustimmung aufzuflackern. Doch seine Schwägerin trat vor und machte ihre Position deutlich.

„Ich werde Sophia jetzt zu Bett bringen", verkündete sie und übernahm die Kontrolle. Verblüfft beobachtete Allie, wie Sophias Mann resigniert die Achseln zuckte – wie vermutlich schon tausendmal zuvor.

Allie gab sich geschlagen. „Sophia?", wandte sie sich an die erschöpfte Frau.

„Alles – in – Ordnung, Yatrinna“, flüsterte sie, während sie sich von ihrer Schwägerin ins hintere Zimmer führen ließ.

Es gab für Allie nichts mehr zu tun. Obwohl man ihre Hilfe ablehnte, riet sie der Schwangeren so nüchtern, wie sie konnte: „Trinken Sie viel kalte Getränke und zögern Sie nicht, mich zu rufen, falls Sie etwas brauchen.“ Mit diesen Worten drehte sie sich um und verließ den Laden.

Aber auf dem Weg nach Hause ließ sich ihre Wut nicht mehr unterdrücken. Sie kochte vor Zorn. Sie begriff einfach nicht, wie Menschen so sorglos mit ihrer Gesundheit umgehen konnten, mit der Gesundheit ihrer ungeborenen Kinder. Was diese Menschen brauchten, war kein Arzt, sondern ein fester Tritt in den Hintern.

Sie hoffte nur, dass nicht die nette Sophia diejenige war, die den Tritt abbekam.

Aber Allie konnte auch wirklich nicht begreifen, wie die Frau so dumm sein konnte, in dieser Hitze Hilopitas zu machen. Viel zu heiß für eine Frau, die schon vierzig war und zum ersten Mal ein Baby bekam. Einfach nicht das richtige Wetter, um den Wintervorrat an Pasta herzustellen.

Als Allie in den Garten ihres Hauses stapfte, kam sie zu dem Schluss, dass es für sie viel schwerer war, die Mentalität dieser Dorfbewohner zu begreifen, als sich mit ihren Krankheiten abzugeben. Sie ging auf den Brunnen zu. Dass sie in ihrer Wohnung kein fließendes Wasser hatte, um ein Bad zu nehmen, war ihr beinahe unerträglich. Allie wusste, dass sie sich unvernünftig verhielt, aber als das breite Blatt des Bananenbaums beim Vorbeigehen ihren Arm streifte, ballte sie die Faust und schlug nach dem Blatt. Nicht einmal, sondern zweimal, dreimal, und vermutlich hätte sie nicht aufgehört, wenn ihr Arm nicht von hinten gepackt und festgehalten worden wäre.

„Allie!“, rief Stavros. „Hast du den Verstand verloren?“

„Nein!“ Sie wirbelte zu ihm herum und zwang ihn so, sie loszulassen. „Ich bin nicht verrückt geworden, aber ich bin wütend. Schrecklich wütend!“, schrie sie. „Sophia könnte sterben, oder das Baby, oder beide, und niemand kümmert sich darum, und nur wegen dieser dämlichen Fehde – an deren Ursprung sich kein Mensch mehr erinnern kann. Nicht einmal Papouli. Das ist doch bloß ein blöder Vorwand."

Mit außergewöhnlicher Sanftheit zog er sie an sich, und der Zorn strömte aus ihr heraus wie die Luft aus einem Ballon.

„Erzähle mir, was passiert ist."

„Sophia passt nicht auf sich auf, und immer wenn ich ihr das klarmachen will, taucht Elani Drakopoulos auf und redet ihr ein, sie brauche mich nicht." Müde legte sie den Kopf an seine Schulter und genoss seine Umarmung. „Ich mache mir solche Sorgen um sie."

„So, so", ertönte Tasos Drakopoulos' nasale Stimme vom offen stehenden Gartentor her. „Wer macht sich Sorgen?"

Allies Muskeln zogen sich zusammen, als sie sich beinahe reflexartig von Stavros lösen wollte.

„Drakopoulos", begrüßte Stavros den anderen Mann.

„*Thaskalos.*" Drakopoulos nannte Stavros Lehrer, wie auch die Kinder und die meisten Eltern im Dorf.

„Warum lässt du nicht zu, dass die Ärztin Sophia untersucht?", fragte Stavros ganz offen.

„Das ist nicht meine Entscheidung." Drakopoulos tat, als hätte er keinerlei Einfluss darauf. „Das muss Sophia entscheiden."

„Wir beide wissen, dass das nicht so ist."

„Wissen wir das?", erwiderte der Mann mit seiner nasalen Stimme.

Allie mischte sich jetzt ein. In ihrer Stimme brannte das Feuer des Zorns. „Wenn sie oder ihr Baby stirbt, dann werde ich Sie und Ihre Frau dafür zur Rechenschaft ziehen", warnte sie.

Ein Anflug von Besorgnis flackerte in seinen Augen auf, verschwand jedoch sofort wieder, und zurück blieb nur der latente Zorn von vorher. „Sophia und ihrem Baby wird schon nichts zustoßen", verkündete er und kehrte zu seiner liebsten Freizeitbeschäftigung zurück, ihr das Leben schwer zu machen. „Allerdings bin ich ziemlich sicher, dass alle im Dorf sich sehr dafür interessieren werden, wie Sie beide Ihre Tage verbringen – und Ihre Nächte."

Er grinste anzüglich, drehte sich um und stapfte davon. Allie und Stavros sahen ihm verblüfft nach.

„Was für ein schrecklicher Mann!“, stieß Allie zwischen ihren zusammengebissenen Zähnen hervor.

„Stell dich auf einige schlimme Tage ein.“

„Schlimmere als die, die ich bereits hinter mir habe?“

Er senkte den Blick zu ihr herab. „Er hat gerade beobachtet, wie wir uns umarmt haben.“

„Aber wir haben doch gar nichts getan“, protestierte sie.

„Ich weiß.“ Ein Muskel in seiner Wange zuckte. Er deutete zum Haus. „Aber wir wohnen hier zusammen, wenn auch in getrennten Wohnungen. Die Leute werden glauben, was er ihnen einredet.“

Allie seufzte und lehnte ihren Kopf an seine Schulter. Er hatte ja recht. Hatte sie das alles nicht schon einmal bei dem Fußballspieler durchgemacht? Aber dieses Mal waren auch Stavros und Jeannie beteiligt, zwei Menschen, die ihr die liebsten auf der Welt waren.

Sie würde nicht zulassen, dass sie verletzt würden.

Sie schloss die Augen und ihr war klar, dass sie das auf gar keinen Fall zulassen würde.

Kapitel 17

Am nächsten Morgen war es nicht ganz so heiß wie am vorhergehenden Tag, aber es wehte kein Lüftchen und Allie wurde schnell klar, dass ein heißer Tag in Kastro ohne Wind schlimmer war als ein heißer Tag mit Wind.

Sie wollte, nein, brauchte, jetzt dringend ein Bad. Seit ihrem zweiten Abend im Dorf hatte sie sich damit begnügt, sich mit einem Schwamm abzuwaschen, da sie keine Lust gehabt hatte, das Wasser in Eimern ins Haus zu tragen. Doch heute Morgen brauchte sie auf jeden Fall ein Bad.

Schnell streifte sie ein T-Shirt und Shorts über, schob das BESETZT-Schild unter Stavros' Tür hindurch und ging hinunter zum Wasserhahn im Garten, um die vier Metalleimer zu füllen, die daneben standen. Papouli kam in den Garten und Allie begrüßte ihn freudig, doch an seinem finsteren Gesichtsausdruck merkte sie, dass etwas nicht stimmte.

„Geht es um Sophia?", fragte sie, während sie den Hahn zudrehte, um sofort zu Sophias Haus zu eilen.

Papouli hob die Hand. „Nein, es gibt keinen medizinischen Notfall."

„Was ist denn dann -?"

Stavros öffnete seine Tür und blickte von der Veranda auf sie herunter. „Papouli?"

„Ich muss mit euch beiden sprechen", erklärte der alte Mann.

Stavros ließ seine Tür offen stehen und sprang die Stufen hinunter. „Was ist los?"

Papouli kam sofort zur Sache. „Im Dorf werden einige hässliche

Dinge erzählt –", er hielt inne und blickte über den Rand seiner Brille hinweg vom einen zum anderen, „über euch beide."

„Drakopoulos." Voller Abscheu sprach Stavros den Namen des Mannes aus. Papouli nickte.

„Er sitzt im Kafenion und erzählt allen, dass ihr beide –", die Augen des klugen alten Mannes wanderten fragend vom einen zum anderen, „euch unangemessen verhalten hättet."

„Das stimmt nicht, Papouli." Stavros beantwortete die Frage ohne zu zögern.

„Das habe ich auch nicht angenommen", erwiderte der alte Priester, aber an der Art, wie sich seine Schultern entspannten, merkte Allie, dass er erleichtert war. Er war zwar Priester, aber er war auch ein Mann und wusste Bescheid über Versuchungen.

Sanft legte sie ihre Hand auf seinen Arm. „Papouli, wir lügen Sie nicht an. Wie Sie vermutlich bereits wissen, fühlen Stavros und ich uns zueinander hingezogen. Aber wir haben nichts getan, das unserer Arbeit in diesem Dorf schaden könnte. Nichts, das Sie – oder Gott – missbilligen würden."

Mehr brauchte Papouli nicht zu hören. Er war zufrieden. „Danke, Yatrinna. Sie brauchten mir das nicht zu sagen."

„Sie brauchten uns nicht zu warnen."

„Was genau erzählt man sich denn?", fragte Stavros, und Allie merkte, dass der alte Priester lieber nicht geantwortet hätte.

„Bitte, Papouli", drängte Allie, und der alte Mann nickte.

„Sie wollen, dass Stavros seinen Job als Lehrer aufgibt, weil er mit Ihnen, der Dorfärztin, ein intimes Verhältnis hat."

„Wie bitte?"

„Sie machen wohl Witze!"

„Ich fürchte nicht", erwiderte Papouli. Allie und Stavros starrten ihn ungläubig an.

„Aber das ist meine Heimat. Ich liebe diese Kinder, und sie machen so gute Fortschritte. Vergangenes Jahr haben alle Schüler nach dem Schulabschluss die Aufnahmeprüfung für die Universität bestanden." Allie hörte den Schmerz in Stavros' Worten und sie wunderte sich darüber, dass er tatsächlich dachte, das würde Menschen wie Drakopoulos etwas bedeuten. Drakopoulos kannte nur sich selbst. Andere Menschen waren nicht wichtig für ihn.

Aber Allie wurde auch bewusst, dass sie durch ihren Eigensinn und ihre Hartnäckigkeit die sichere Welt, die Stavros für sich und seine Tochter aufgebaut hatte, in Gefahr gebracht hatte. Wenn sie nicht durchgesetzt hätte, dass sie in sein Haus einzog, wären sie nicht in eine solche Situation gekommen. Sie war sich nicht sicher, ob sein neu gefundener Glaube einen solchen Rückschlag aushielt.

„Ich werde mich darum kümmern", sagte sie. Ihr Bad war vergessen. Sie ließ die Eimer stehen, wo sie standen, und schob sich an Stavros vorbei zu den Stufen.

Er hielt sie an der Hand fest. Zögernd drehte sie sich zu ihm um. Zu dem Schmerz in seinen Augen war etwas Gutes, etwas Starkes hinzugekommen. Voller Staunen erkannte sie, dass es eine Art Zusammengehörigkeitsgefühl war. „Wir werden uns darum kümmern", korrigierte er sie.

Sie freute sich über sein Angebot, schüttelte aber den Kopf. „Nein, Stavros. Das ist nicht dein Problem."

„Nicht mein Problem?", fragte er zurück. „Wie kommst du darauf?"

Sie drückte seine Hand, um weiteren Protest zu unterdrücken. „Siehst du denn nicht, mein Liebling, dass sie eigentlich mich treffen wollen?" *Und das ist ihnen auch gelungen*, flüsterte eine leise Stimme in ihr. Sie hatten an der Stelle angegriffen, an der sie verwundbar war. Stavros und Jeannie. Angriffe gegen ihre Person konnte sie abwehren, aber nicht Angriffe gegen Menschen, die sie liebte. Und sie liebte Stavros und Jeannie sehr. „Ich werde mich darum kümmern", wiederholte sie entschieden.

„Und wie genau willst du dich ‚darum kümmern'?", fragte er mit zusammengebissenen Zähnen.

Sie blickte lächelnd an sich herab, auf ihre Shorts und ihr T-Shirt. „Erst mal werde ich mich umziehen – um etwas professioneller auftreten zu können", erklärte sie. Sie zog ihre Augenbrauen zusammen, während ein amüsierter Ausdruck in ihre Augen trat. Es war so schön, so etwas zu ihm sagen zu können, ohne mit einer negativen Reaktion rechnen zu müssen. Nach vielen Gesprächen hatte er begriffen, dass der Wunsch seiner Frau, sich ausschließlich auf ihren Beruf zu konzentrieren, die Ausnahme gewesen war und dass es viele Frauen gab, die Beruf und Familie gut miteinander vereinbaren konnten. Wichtig war nur, Menschen zur Seite zu haben, die man um Hilfe bitten konnte. „Und dann werde ich den Männern im Männerclub einen kleinen Besuch abstatten." Sie drückte seine Hand, um ihn zu beruhigen, bevor sie herumwirbelte und die Treppe hochrannte.

Stavros folgte ihr dicht auf den Fersen. „Allie. Ich möchte mitkommen."

Sie drehte sich zu ihm um. Auch wenn ihre Augen verrieten, wie sehr sie sich über seine Worte freute, erklärte sie ihm, warum es nicht gut wäre, wenn er mitkäme. „Danke, mein Schatz, dass du das möchtest, aber verstehst du denn nicht? Das ist ein Angriff auf mich und meine Position, und deshalb muss ich das allein und auf meine Weise regeln." Sie lachte leise, dann wanderte ihr Blick zwischen den beiden Männern hin und her. „Also eigentlich nicht –"

„Allein, sondern mit Gott und … auf Gottes Weise", beendete Stavros ihren Satz. Bewundernd lächelte er sie an.

„Ach …", seufzte der weise alte Priester, „wenn nur mehr Menschen dieses Geheimnis kennen würden."

Allie blickte ihn an. „Aber ich würde mich sehr über eure Gebete freuen."

„Versprochen."

Nickend wiederholte Stavros die Zusage des alten Mannes. „Versprochen", bekräftigte er leise.

Stavros' Liebe und Bewunderung gaben ihr Kraft. Das Wissen, dass sie von einem solchen Mann geliebt wurde und dass er für sie betete, war ein Segen, den sie mit dankbarem Herzen annahm.

In einem blassgrünen Leinenkostüm betrat Allie das Kafenion.

Es war voller Männer, die anzüglich grinsten. Allie schämte sich für das männliche Geschlecht. Die mürrisch dreinblickende Ireni, wie üblich die einzige Frau im Lokal, senkte trotzig den Kopf, bevor sie hinter dem Vorhang im hinteren Zimmer verschwand.

Das war Allie egal. Sie wandte sich dem Tisch zu, an dem, wie sie wusste, Drakopoulos Hof hielt.

Er ergriff sofort das Wort. „Ich habe Ihnen doch gesagt, die Leute würden sich sehr für das interessieren, was ich gestern Abend gesehen habe", erklärte er hämisch grinsend.

Allie hatte nicht die Absicht, sich vor ihm zu rechtfertigen. Vielmehr fragte sie: „Was genau wollen Sie?"

„Ich will, dass Sie das Dorf verlassen."

„Warum? Denken Sie, Ihr Sohn würde kommen, wenn ich gehe?", fragte sie direkt. Es wurde unruhig im Raum und sie wusste, dass sie eine empfindliche Stelle getroffen hatte. Auch wenn alle den Grund für Drakopoulos' Verhalten kannten, so hatte doch niemand darüber gesprochen.

Die Adern an der Stirn des Mannes traten hervor und sein Blutdruck schoss in die Höhe. „Diese Stelle hätte ihm zugestanden. Nicht Ihnen", schnaubte er.

Allie zuckte die Achseln. „Damit habe ich nichts zu tun. Ich habe mich um die Stellung beworben und sie bekommen. Vielleicht hat Ihr Sohn seine Bewerbung zu spät eingereicht. Oder vielleicht", sie machte eine dramatische Pause, „hat er sich überhaupt nicht darum beworben, weil er gar nicht in Ihrer Nähe leben möchte."

Drakopoulos sprang auf und blickte drohend auf Allie herab. Doch sie ließ sich davon nicht einschüchtern. „Wie können Sie es wagen?"

„Ich? Sie sind doch derjenige, der hier Schwierigkeiten macht. Ich möchte nur meine Arbeit tun."

„Und mit dem Lehrer schlafen", höhnte der Mann. „Das ist ja ganz leicht, wo die Wohnungen durch einen gemeinsamen Flur verbunden sind. Woher wissen wir, was tatsächlich Nacht für Nacht dort geschieht?"

„Das wissen Sie nicht. Sie haben eben eine blühende Fantasie und trauen Ihren Mitmenschen das Schlechteste zu." Sie hatte nicht vor, sich vor dieser geistlosen Gruppe zu verteidigen. Papouli kannte die Wahrheit. Und sie. Und Stavros. Nur das war wichtig.

„Nun, wir haben entschieden." Er deutete auf die Männer im Raum. „Wenn Sie nicht mit dem Nachmittagsbus abfahren, wird der Lehrer dieses Jahr nicht mehr an unserer Schule unterrichten."

„Ja, das habe ich gehört."

„Na dann!"

„Deshalb bin ich ja hier. Jetzt sagen Sie mir, was Sie wollen."

„Das habe ich bereits getan. Ich will, dass Sie mit dem Nachmittagsbus abfahren."

„Mr. Drakopoulos", begann Allie leise, aber mit entschlossener Stimme, „im Augenblick ist noch alles in Ordnung in Ihrer Welt – Ihrer Frau und Ihren Freunden geht es gut." Sie beschrieb mit der Hand einen Kreis durch den Raum. „Aber ich frage mich, was Sie wohl empfinden werden, wenn ich tatsächlich mit diesem Bus abfahre und Ihre Frau würde am nächsten Tag krank, oder einer Ihrer Freunde bekäme einen Herzanfall, oder eines der Kinder würde stürzen und bräuchte einen Arzt, und Sie hätten mich weggeschickt und wären somit verantwortlich dafür, dass die Menschen, die Sie lieben, keine Hilfe bekämen?"

„Ein anderer Arzt wird kommen – hoffentlich mein Sohn."

Allie lachte verächtlich. „Glauben Sie wirklich, ich würde dieses Dorf verlassen und dem Gesundheitsamt nicht berichten, wie man mich vertrieben hat? Und nachdem die Behörde den Grund kennt, glauben Sie wirklich, Kastro würde weiterhin Bezirkspraxis bleiben?"

„Wir werden der Behörde mitteilen, dass Sie sich unangemessen verhalten haben", drohte er, und obwohl Allie das bekannte Ziehen im Magen wegen dieser falschen Anschuldigung spürte, ließ sie sich nichts anmerken. Ihre Stimme blieb fest und ihre Hand zitterte nicht, als sie fortfuhr.

„Ich mag Mr Andreas. Ich mag ihn sogar sehr", gestand sie. „Aber wir haben uns nicht unangemessen verhalten."

Das alte, böse Grinsen, das seine Goldzähne im Mund entblößte, breitete sich auf seinem Gesicht aus. „Aber das können Sie nicht beweisen."

Sie hatte einen Beweis, den besten Beweis. Doch das ging nur sie etwas an und den Mann, den sie einmal heiraten würde – hoffentlich Stavros. „Ich sage Ihnen, was wir tun werden." Sie trommelte mit ihren Fingernägeln auf die Tischplatte. „Ich werde so tun, als wäre dies alles nie geschehen – es der Hitze zuschreiben, die Ihnen zugesetzt hat –, und ich werde jetzt in meine Praxis gehen und falls jemand ein Problem hat, so findet er mich während der Sprechstunden dort, nach der Sprechstunde zu Hause. Ich hoffe, dass niemand meine Dienste braucht", ihr Blick glitt über alle Männer im Raum hinweg, „denn das bedeutet, dass es allen Bewohnern dieses Dorfes, Ihren Frauen, Kindern, Müttern und Vätern, gut geht. Aber ich bin erreichbar, falls ich gebraucht werde, und ich werde allen helfen, so gut es mir –"

„Ireni! Ireni!" Eine Frau stürmte ins Kafenion und alle wandten sich ihr zu.

Sofort kam Ireni hinter dem Vorhang hervor, wo sie offensichtlich gelauscht hatte, was im Lokal passierte. „Was ist los?", fragte sie.

„Sophia. Sie ist zusammengebrochen!"

„Ach du lieber Himmel!", stieß Allie hervor und ging hinüber zu der Frau, die nach der Verwüstung der Praxis mitgeholfen hatte, wieder Ordnung zu schaffen. „Wo ist sie?"

Die Frau blickte über Allies Schulter hinweg zu Tasos. Er runzelte finster die Stirn, doch der Frau schien das egal zu sein. Das hier war ein Notfall, und bei einem Notfall zählte nur die Person, die Hilfe brauchte, auch wenn Tasos Drakopoulos anderer Meinung war. „Vor ihrem Laden. Sie hat Wäsche aufgehängt, ist auf die Straße getreten und zusammengebrochen."

Allie hörte den letzten Satz nur im Hinausgehen. Kurz darauf stürmte sie in die Praxis, schnappte sich ihre Tasche und den kleinen Notfallkoffer und rannte zu Sophias Haus. Zum Glück lag ihre Praxis ganz in der Nähe. Eine kleine Gruppe hatte sich um Sophia versammelt, die reglos auf der Erde lag.

„Lasst mich durch!", rief Allie. Die Gruppe teilte sich. Allie war entsetzt, dass niemand der bewusstlosen Frau Erleichterung verschafft hatte. Elani Drakopoulos fächelte ihr nutzloserweise Luft zu. Als sie Allie entdeckte, knurrte sie wie ein Hund. „Wir brauchen Sie nicht."

Allie ignorierte sie, stellte ihre Taschen ab und runzelte besorgt die Stirn, als sie Sophias Puls fühlte. Er ging unregelmäßig, ihre Haut war heiß, aber sie schwitzte nicht. „Hitzschlag", murmelte sie. Sie nahm sich einige kostbare Sekunden Zeit, um sich an Sophias Mann zu wenden, der sich hilflos über seine Frau beugte. „Wenn ich Ihre Frau nicht behandeln darf, wird sie sterben und Ihr Baby ebenfalls."

Allie konnte miterleben, wie sich vor ihren Augen eine Wandlung in ihm vollzog.

„Sie versucht nur, dir Angst zu machen", kreischte Elani Drakopoulos, aber Sophias Mann schob sie zur Seite und sagte bestimmt: „Wir werden genau das tun, was die Ärztin sagt."

Mehr brauchte Allie nicht zu hören. Sie machte sich an die Arbeit. „Wir müssen sie ins Haus bringen, wo es kühler ist", wies sie die Leute an. Mehrere Männer hoben Sophia hoch und trugen sie in den Raum hinter dem Laden, wo ein Bett stand. „Ich brauche Eis, jede Menge Eis und Ventilatoren", erklärte Allie, und sofort schwärmten die Leute aus, um das Gewünschte zu holen. Während sie eine Infusion anlegte, bat sie die Frauen: „Zieht ihr die Kleider aus und legt nasse Handtücher auf ihren Körper. Sie hat hohes Fieber, wir müssen es senken", erklärte sie, während sie die Infusionsnadel in Sophias Hand stach.

„Hier ist ein Ventilator." Einer der Männer war zurückgekehrt. Allie wies ihn an, den Luftzug direkt auf Sophia zu richten. Kurz darauf waren weitere Ventilatoren vor Ort und kühlende Handtücher lagen auf Sophias Körper. Allie maß ihre Temperatur und schüttelte den Kopf.

„Was ist?", hörte sie eine tiefe, raue Stimme fragen. Als sie sich umdrehte, blickte sie in Papoulis besorgte Augen.

„Einundvierzig Komma eins Grad."

„Kann ich irgendetwas tun?"

„Beten Sie."

Papouli lächelte. „Darin bin ich gut."

„Yatrinna", fragte Mr Drakopoulos zögernd, „wird sie wieder gesund?"

„Ich werde alles tun, was in meiner Macht steht."

„Aber sie ist immer noch bewusstlos."

Allie nickte. Sie legte das Stethoskop auf Sophias vorstehenden Bauch. „Doch ihre Atmung ist gut."

„Und das Baby?", flüsterte er leise. Er wagte kaum, seine Ängste in Worte zu fassen.

Allie lächelte. „Bisher geht es dem Baby noch gut. Der Herzschlag ist normal. Aber sobald wir Sophia stabilisiert haben, werden wir sie in die Klinik bringen." Da es dem Baby noch gut ging, beschloss Allie, ihm nicht zu sagen, dass sie sich vor allem um das Kind sorgte. Wenn es so weit war, würde sie es ihm mitteilen. Doch im Augenblick nutzt es nichts, seine Ängste noch zu steigern. Sie betete, dass alles gut würde.

„Hier kommt noch mehr Eis", rief ein Mann und legte zwei Tüten Eis neben Allie.

„Verteilt es um ihren Körper", wies Allie die Frauen an.

„Stavros ist ins Nachbardorf gefahren und holt Nachschub."

„Gut", erwiderte Allie. Erneut maß sie Sophias Temperatur, und wieder schüttelte sie den Kopf. „Sobald ihre Temperatur auf neununddreißig Grad gesunken ist, werden wir sie ins Krankenhaus bringen. Ruft einen Krankenwagen", bat sie, an niemand Bestimmten gewandt. Ein Krankenwagen brauchte mindestens eine Stunde, um Kastro zu erreichen, aber vorher durfte Sophia sowieso nicht transportiert werden.

„Ich habe bereits angerufen", berichtete eine Frau mit angsterfüllter Stimme. „Aber es steht keiner zur Verfügung. In der Nähe von Olympia ist ein Feuer ausgebrochen und alle Rettungswagen sind dorthin beordert worden."

„Na gut, dann werden wir sie eben selbst ins Krankenhaus bringen. Gibt es im Ort jemanden, der einen Wagen mit Klimaanlage besitzt?" Hoffentlich. Ohne diesen Luxus würde Sophia es nicht schaffen. Nicht in dieser Hitze.

„Der Lehrer."

Allie nickte. Sie hatte gar nicht gewusst, dass Stavros einen Wagen besaß. Sie hatte gedacht, er hätte nur sein Pferd. „Ist er groß genug, um Sophia liegend zu transportieren?“

„Sehr groß.“

„Gut“, erwiderte Allie.

Später, als Sophia das Bewusstsein wiedererlangt hatte und ihre Temperatur auf unter neununddreißig Grad gesunken war, freute sich Allie über den Luxus, den Stavros' Jeep ihnen bot. Stavros konnte die Rückbank umlegen und eine Liegefläche für Sophia schaffen, sodass sie genauso bequem transportiert werden konnte wie in einem Krankenwagen. Die kühle Luft der Klimaanlage war genau das, was die Frau brauchte.

Sophias Mann begleitete sie. Er war sehr hilfsbereit und Allie wünschte, er hätte sich bereits früher so besorgt gezeigt. Er rieb seine Frau mit einem Schwamm ab und sprach beruhigend auf sie ein.

Allie überwachte vor allem die Herztöne des Babys. Nach einer Dreiviertelstunde Fahrt stellte Allie fest, dass der Herzschlag langsamer wurde. Jetzt war es ein Wettlauf mit der Zeit. Das Baby war in Not und musste auf die Welt geholt werden, bevor es eine Schädigung davontrug oder sogar starb.

Da Sophia nicht mitbekommen sollte, wie gefährlich die Situation für ihr Baby war, sprach Allie Englisch mit Stavros. „Wenn du diesem Wagen Flügel verleihen kannst, dann wäre das jetzt angebracht. Dem Baby geht es nicht gut und wir müssen das Krankenhaus so schnell wie möglich erreichen.“

„Wie du willst“, antwortete er und trat das Gaspedal durch. Mit aufgeblendetem Fernlicht und hupend raste er wie ein Rennfahrer durch die Kurven und Biegungen.

Yiannie blickte Allie fragend an.

Allie schüttelte leicht den Kopf und bedeutete ihm, sich weiter um seine Frau zu kümmern. Sophia wunderte sich über die Fürsorge ihres Mannes und freute sich darüber. Allie war froh über die Ablenkung. Die Frau durfte sich jetzt keine Sorgen machen.

Routiniert wie immer legte Allie erneut das Stethoskop an Sophias Bauch. Sie musste sich sehr zusammenreißen und durfte sich ihre Besorgnis nicht anmerken lassen, als sie ein weiteres Absinken der Herztätigkeit des Babys feststellte.

Erneut wandte sie sich auf Englisch an Stavros. „Stavros, wir werden dieses Baby verlieren …"

„Fünf Minuten, Allie."

„Mehr Zeit hat das Baby auch nicht mehr. Unter normalen Umständen würde ich selbst einen Kaiserschnitt vornehmen, aber nach dem Hitzschlag habe ich einfach Angst um Sophias Leben."

„Halte durch, Allie. Wir sind gleich da." Angesichts der Geschwindigkeit, mit der sie unterwegs waren, hatte Papouli anscheinend gebetet, dass Engel ihren Wagen beschützten. Nach weniger als fünf Minuten kam das Krankenhaus in Sicht. Die Schwestern und Ärzte warteten bereits auf sie. Die Türen flogen auf und Allie unterrichtete die Geburtshelfer und Chirungen in aller Kürze über Sophias Zustand, während sie über den Flur hasteten. Sie beobachtete, wie Sophia durch die Doppeltüren geschoben wurde und aus ihrem Blickfeld verschwand.

Ihre Arbeit war getan.

Sie hatte medizinische Hilfe gegeben und das Baby und Sophia am Leben erhalten. Jetzt konnte sie nur noch darauf warten, dass die Ärzte im Krankenhaus ihrer Aufgabe nachkamen.

Sie spürte Stavros' Arm um ihre Schultern und war froh, ihren Kopf an seine Schultern lehnen zu können. „Gut gemacht", murmelte er.

Sie blickte lächelnd zu ihm auf. „Du auch."

Er zuckte die Achseln. „Ich bin nur gefahren. Du hast Sophia und dem Baby das Leben gerettet."

„Das ist noch nicht sicher", flüsterte Allie ihm zu, da sie nicht wollte, dass Yiannie sie hörte.

„Yatrinna –", sagte Yiannie leise neben ihr. Allie ergriff seine Hand. „Ich weiß, dass meine Sophia es nur wegen Ihnen bis hierher geschafft hat. Danke, und verzeihen Sie mir, dass ich Sie nicht schon früher unterstützt habe."

Allie lächelte ihn müde, aber glücklich an und drückte seine Hand. „Kyrios Drakopoulos, wir müssen jetzt beten, dass Ihr kleines Baby gesund zur Welt kommt. Ich ..." Sie wollte es ihm eigentlich nicht sagen, aber sie war der Meinung, dass jeder Erwachsene das Recht hatte zu erfahren, was sie, als seine Ärztin, wusste. „Ich fürchte, dem Baby ist es während der letzten Minuten der Fahrt nicht gut gegangen."

„Ich weiß." Er blickte Stavros an. „Darum haben Sie Englisch gesprochen. Aber ich weiß auch, dass Sie alles getan haben, was in Ihrer Macht stand. Egal, was passiert, ich werde Ihnen immer dankbar sein." Tränen traten in seine Augen, Tränen der Reue. „Ich hätte Sophia schon früher erlauben sollen, zu Ihnen zu gehen. Das alles wäre nicht geschehen, wenn ich früher auf Sophia und auf Sie gehört hätte, anstatt auf meinen Bruder und seine Frau."

Was der Mann sagte, stimmte, das war nicht zu leugnen, aber Allie wollte ihn nicht bloßstellen, daher sagte sie: „Da Stavros so schnell und geschickt gefahren ist –", sie blickte ihn an, „hat Ihr Baby eine gute Chance, denke ich."

Yiannie nickte und trat ans Fenster. Allie und Stavros überließen ihn seinen Gedanken und Gebeten und gingen zu den Stühlen, die an der Wand aufgereiht standen. Sich an den Händen haltend, nahmen sie Platz, ein Mann und eine Frau, die sich liebten und einander Kraft gaben. Gemeinsam beteten sie für die Frau und das Baby hinter den geschlossenen Doppeltüren.

Sie brauchten nicht lange auf die Erhörung ihrer Gebete zu warten. Als der Geburtshelfer durch die Tür trat, wandte sich Yiannie ihm zu.

„Sie sind Vater eines gesunden kleinen Mädchens." Der Arzt schüttelte Yiannie die Hand. Das Gesicht des frisch gebackenen Vaters leuchtete vor Freude auf.

„Und meine Frau?"

„Es geht ihr den Umständen entsprechend gut, obwohl sie noch immer an den Folgen des Hitzschlags leidet. Aber der Internist ist der Meinung, dass ihr Zustand schon heute Abend wieder stabil sein wird. Ihr kleines Baby in den Armen zu halten, war die beste Medizin für sie."

„Darf ich sie sehen?", fragte Yiannie.

Der Arzt nickte. „Natürlich können Sie Ihre beiden Frauen besuchen."

Yiannie setzte sich in Bewegung, um dem Arzt zu folgen, dann blieb er stehen. „Yatrinna? Kommen Sie?"

Allie schüttelte den Kopf. „Nein. Das ist Ihr großer Augenblick. Grüßen Sie Sophia und sagen Sie ihr, dass ich sie morgen besuchen komme."

„Danke, Yatrinna. Für alles", flüsterte er und verschwand durch die Tür.

„Heute Nachmittag wurde nicht nur ein Baby geboren", meinte Stavros und deutete mit dem Kopf auf den frisch gebackenen Vater. „Ich glaube, heute wurde auch ein Mann geboren."

„Mmm", stimmte Allie zu. Den Kopf an seine Schulter gelehnt, ließ sich Allie von Stavros zum Wagen führen. Eine tiefe Dankbarkeit erfüllte sie.

Kapitel 18

Auf der Rückfahrt nach Kastro starrte Allie gedankenversunken auf die silberne Landschaft, die an ihrem Fenster vorbeiflog. Sie nahmen die letzte Biegung in der Straße und Kastro lag in der Sonne funkelnd vor ihnen, wie eine Halskette aus Rubinen und Perlen, genau wie an dem Tag ihrer Ankunft.

Sie seufzte. „Es ist so schön."

„Vielleicht ein guter Ort, an dem ein hoffnungsvoller Realist auf Dauer leben könnte?", fragte er vorsichtig. Sie blickte ihn mit ihren grünen Augen an.

„Ein vollkommener Ort, an dem ein hoffnungsvoller Realist auf Dauer leben könnte", stimmte sie leise zu. Ein Lächeln erhellte seine Gesichtszüge, ein rätselhaftes Lächeln, in dem sie keine formulierten Antworten finden konnte. Sie schickte ein schnelles Gebet zum Himmel, seine Frage möge doch bedeuten, was sie sich erhoffte. Den Lebensweg gemeinsam mit Stavros zu gehen, wäre für Allie das perfekte Happy End.

Sie erreichten den Dorfplatz. Wie am Tag ihrer Ankunft kamen die Bewohner von überall zusammen, um das Fahrzeug zu begrüßen. Doch dieses Mal kamen mehr Menschen. Und dieses Mal strahlten alle.

Als Allie aus dem Wagen stieg, wurde sie herzlich begrüßt. Heute gaben ihr die Dorfbewohner das Gefühl, ein willkommenes Mitglied der Gemeinschaft zu sein, wie sie es sich immer gewünscht hatte. Sie blickte zu Stavros auf. In diesem Augenblick empfand sie ein tiefes Glück.

Verständnisvoll beugte er sich zu ihr herab und flüsterte: „Genieße es, mein Schatz. Ich hole dich später ab. Ich bringe schnell den

Jeep weg." Sie nickte, während die Kinder sie mit großem Geschrei ins Kafenion schoben.

Papouli war da, auch die anderen Mitglieder des Männerclubs. Aber dieses Mal waren ihre Frauen und Kinder bei ihnen, sowie zahlreiche weitere Dorfbewohner, die sie in der vergangenen Woche nur schüchtern angelächelt hatten. Eine festliche Stimmung herrschte, als die Dorfbewohner auf Yiannies und Sophias Baby anstießen, ihm ein gutes, langes Leben und Sophia eine baldige Genesung wünschten. Sogar Tasos Drakopoulos und seine Frau Elani, die zusammen mit einem gut aussehenden jungen Mann, den Allie nicht kannte, an Tasos Drakopoulos' Stammtisch saßen, hoben ihre Gläser. In einer so kleinen Gemeinschaft wurde die Geburt eines neuen Mitglieds immer gefeiert. Die außergewöhnlichen Umstände dieser Geburt machten sie zu etwas ganz Besonderem.

Zu Allies Erstaunen servierte ihr die normalerweise so mürrisch blickende Ireni eine Cola und *galaktobouiko*, einen Kuchen mit Eiercreme, und sie schenkte ihr sogar ein Lächeln.

„Sophias Mann hat angerufen und uns alles erzählt. Wir sind so stolz auf Sie und danken Ihnen, Yatrinna." Die freundlichen Augen des alten Priesters zwinkerten fröhlich, weil er sie richtig eingeschätzt hatte.

Sie lächelte ihn an. Sie liebte ihn, wie sie ihren Vater geliebt hatte. „Ich habe nur meinen Job gemacht, Papouli."

Ihre Worte weckten in den meisten Dorfbewohnern Schuldgefühle wegen ihrer ablehnenden Haltung, und Schweigen senkte sich über das Lokal.

Schließlich räusperte sich Tasos Drakopoulos. „Ich", begann er und blickte zu dem jungen Mann, der neben ihm saß, bevor er fortfuhr. „Ich entschuldige mich … Yatrinna." Allie zog erstaunt die Augenbrauen in die Höhe. Sowohl seine Worte als auch der Gebrauch ihres Titels verblüfften sie. „Mein Sohn", er deutete auf den jungen Mann, „und die Ereignisse des heutigen Tages haben mir klargemacht, wie falsch ich mich Ihnen gegenüber verhalten habe. Ich hoffe, Sie nehmen meine Entschuldigung an."

„Und auch meine", fügte seine Frau Elani schnell hinzu.

Allie blickte die Frau an. Ihre feindselige Haltung war verschwunden und Allie sah jetzt eine Frau vor sich, die sich eine zweite Chance wünschte.

Der junge Mann rutschte auf seinem Stuhl herum, und als er sich umdrehte, stellte Allie fest, dass seine Augen sehr sanft und von dem tiefsten Blau waren, das sie je gesehen hatte. Er sah auch außergewöhnlich gut aus. „Meine Eltern", begann er, dann brach er ab, um sich erst einmal vorzustellen. „Entschuldigung, Yatrinna. Ich bin Dimitri Drakopoulos."

„Ich freue mich, Sie kennenzulernen." Allie lächelte, während Dimitri fortfuhr, doch es fiel ihr sehr schwer zu glauben, dass dieser höfliche, gebildete Mann Tasos' Sohn war.

„Ich muss einen Teil der Schuld für das Verhalten meiner Eltern Ihnen gegenüber auf mich nehmen. Ich hätte von Anfang an ehrlich sein und ihnen sagen sollen, dass ich kein Interesse daran habe, auf dem Land zu praktizieren." Er zuckte seine breiten, aber im Gegensatz zu seinem Vater geraden Schultern und blickte sich im Kafenion um, weil er sich vergewissern wollte, dass alle ihm zuhörten. „Das Mitglied der Familie Angelopoulos, das Verbindungen zum Gesundheitsamt hat, hat tatsächlich seinen Einfluss geltend gemacht, um mir diese Position zu sichern. Darum ist Kastro auch so lange ohne Arzt geblieben. Ich habe dieses Angebot abgelehnt, ohne meine Eltern darüber zu informieren, dass ich nicht herkommen will. Es tut mir sehr leid. Als Papouli mir am Telefon erzählte, was hier los ist, dass diese alte und lächerliche Fehde wegen dieses Postens wieder aufgebrochen ist, kam ich sofort her, um die Sache richtigzustellen." Er blickte Allie wieder an. „Es tut mir sehr leid, dass Sie darunter zu leiden hatten."

Allie ging zum Tisch der Drakopoulos. Sie reichte zuerst dem Vater, dann der Mutter und schließlich dem Sohn die Hand. „Danke. Ich weiß zu schätzen, was Sie gerade hier getan haben, dass Sie sich vor Ihren Freunden und Familienmitgliedern entschuldigt haben. Da Sophia und ihr Baby alles ohne Schaden überstanden haben, nehme ich Ihre Entschuldigungen mit Freuden an. Allerdings habe ich eine Bitte. Ich möchte, dass wir alle diese lächerliche Fehde und das, was geschehen ist, vergessen. Ich mag Kastro." Sie blickte Tasos an. „Im Gegensatz zu Ihrem Sohn, Kyrios Drakopoulos, möchte ich hier auf dem Land praktizieren. Und ich möchte gern mit allen freundschaftlichen Umgang haben." Ihr Blick wanderte zwischen dem Bürgermeister und seiner Frau hin und her. „Auch mit Ihnen beiden."

„Danke, Yatrinna", erwiderte Tasos bewegt. „Ich werde tun, was in meiner Macht steht, um dafür zu sorgen, dass diese Fehde nie wieder aufflackert."

Ein unbehagliches und angespanntes Schweigen hing über dem Raum, bis eine Frau mit leiser, melodischer Stimme, die Allie irgendwie bekannt vorkam, sagte: „Du meine Güte." Allie drehte sich um und schnappte nach Luft, als sie Natalia auf sich zukommen sah. „Wie mein Vater immer wieder gesagt hat, niemand weiß doch genau, wie die Fehde überhaupt entstanden ist."

„Wie wahr", stimmten die Dorfbewohner zu, und ein Seufzer der Erleichterung schien durch den Raum zu gehen.

Allie reichte der jungen Frau die Hand. „Was für eine nette Überraschung. Was machst du denn hier?"

Natalia ignorierte Allies ausgestreckte Hand und umarmte sie stattdessen. „Als Dimitri mir sagte, dass er für zwei Tage herfährt, beschloss ich, ihn zu begleiten. Ich habe Baba und Martha vermisst", erklärte sie einfach und wahrheitsgetreu. „Ich musste sie einfach sehen und ein paar Dinge mit ihnen besprechen."

„Ja ... Yatrinna, ich habe tolle Töchter", rief Papouli. Seine Augen funkelten vor Liebe zu seinem jüngsten Kind. Natalia lächelte ihn liebevoll an, bevor sie sich entschuldigte, als Dimitri sie zu sich winkte.

„Das stimmt, Papouli", bestätigte Allie, während sie den jungen Arzt im Gespräch mit der Kunststudentin beobachtete. Allie konnte den Blick nicht von den beiden jungen Leuten nehmen. Auch die anderen im Kafenion starrten sie an. Beide hatten fein geschnittene Gesichtszüge. Aber Allie merkte auch, dass mehr zwischen ihnen war, zumindest Dimitris Gesichtsausdruck verriet ihr, dass er sich mehr wünschte.

„Dimitri wird noch ein paar Jahre warten müssen, wenn er sich ein Leben mit meiner Tochter wünscht“, bemerkte Papouli. „Sie hat noch einen langen Weg vor sich, bis sie sich niederlässt und eine Familie gründet.“

„Sie ist klug. Sie weiß, an wen sie sich wenden muss, um die richtigen Entscheidungen zu treffen.“

Papouli nickte, als sie Natalia nachblickten, die eilig das Kafenion verließ. „Ja, ich bin sehr gesegnet mit meinen Kindern. Sie alle kennen Jesus als ihren persönlichen Erlöser und folgen demselben Glauben wie ihre Vorfahren, die das Evangelium von den Jüngern Christi gehört haben.“

„Wirklich ein erstaunliches Erbe“, stimmte Allie zu, während sie die Menge absuchte. „Aber wo steckt Martha? Und die kleine Jeannie Andreas?“

„Ach …“ Mehr sagte Papouli nicht. Doch seine Augen funkelten hinter seinen Brillengläsern. „Sie hatten etwas zu erledigen und werden gleich hier sein.“

Allie hätte gern gefragt, was sie denn zu tun hätten, aber eine zierliche alte Dame, die mindestens zehn Jahre älter sein musste als Papouli, kam auf sie zu. „Yatrinna, wie wäre es, wenn Sie Ihre Arbeit tun und mir den Blutdruck messen würden?“, fragte sie. Alle im Kafenion schienen sie gehört zu haben und begannen zu lachen.

Allie unterdrückte ihr Lachen, doch ihre Lippen verzogen sich zu einem Lächeln. „Aber sehr gern. Meine Praxis ist morgen Früh ab acht Uhr geöffnet.“

„Aber warum können Sie ihn nicht jetzt sofort messen?“, fragte die alte Dame, und erneut brachen alle in Gelächter aus.

„Sie wissen gar nicht, wie gut Sie es hatten, Yatrinna“, meinte ein Mann mittleren Alters, ehemaliges Mitglied des Männerclubs.

„Ja“, stimmte ein anderer zu. „Ab jetzt werden Sie mit uns alle Hände voll zu tun haben. Sie werden den Eindruck haben, in diesem Dorf lebten nicht nur neunhundert Einwohner, sondern neuntausend.“

„Na, das kann ja heiter werden.“ Allie ging auf die Neckereien ein und tat so, als wäre sie entsetzt über diese Vorstellung. „Und so viele von euch sind krank?"

„Pah!", winkte die alte Dame ab. „Die meisten von uns wollen bloß den Blutdruck gemessen haben."

„Aber einige von uns", meldete sich ein Mann hinten im Raum zu Wort, „möchten auch nur, dass Sie sich um ihre Kinder kümmern."

Allies Gesicht hellte sich auf, als sie Petros Petropoulos auf sich zukommen sah. „Mr Petropoulos, sind Sie bereits ins Dorf gezogen?"

Er nickte. „Wir haben noch gestern Abend gepackt und sind heute Morgen angekommen."

Ein verblüfftes Raunen ging durch den Raum, bevor die Leute Petros freudig willkommen hießen. Als sie hörten, welche Rolle Allie bei seiner Entscheidung, doch wieder ins Dorf zurückzukommen, gespielt hatte, betrachteten sie sie mit noch mehr Hochachtung, falls das überhaupt möglich war. Petros und seine Frau waren gut gelittene Mitglieder der Gemeinschaft gewesen und die Dorfbewohner hatten nicht nur den Tod seiner Frau und seines Babys betrauert, sondern waren auch traurig, dass Petros und seine vier Kinder fortgegangen waren.

Nach einer Weile, als das Interesse an Allie nachgelassen hatte, wandte sie sich an Papouli. Sie lächelten sich an. „Gott erhört doch wirklich Gebet, nicht?"

Papouli warf einen Blick auf seine Uhr und erhob sich. „Ja ... Yatrinna. Das tut er. Aber ich glaube, jetzt wird noch ein weiteres Gebet erhört. Ein Gebet, das ich in den vergangenen Jahren häufig gesprochen habe."

Fragend zog sie die Augenbrauen zusammen.

„Kommen Sie." Er führte sie zum Ausgang des Cafés. Als alle anderen ihnen folgten, blickte sich Allie verblüfft um. Die Dorfbewohner folgten ihnen zu der Platane auf dem Dorfplatz. Aus der Entfernung war Hufgeklapper zu hören. Charger bog gerade um die Ecke eines Hauses, mit Stavros und Jeannie auf seinem Rücken.

Das Pferd blieb neben ihr stehen und sie bemerkte ein Funkeln in Stavros' Blick, das vorher nicht da gewesen war. Hoffnungsvoll sah sie Stavros an. Würde nun das lang ersehnte Happy End kommen? Sie hatte dafür gebetet.

Vorsichtig ließ er Jeannie zu Boden gleiten und stieg vom Pferd. Jeannie kam auf sie zu und lächelte. Sie deutete auf den Blumenstrauß in ihren Händen. „Diese Blumen schickt dir mein Vater."

Allie nahm die Blumen entgegen, atmete tief den frischen, süßen Duft ein und bückte sich, um dem kleinen Mädchen einen Kuss auf die Wange zu geben. Die Blumen sind wundervoll, Jeannie." Sie richtete den Blick auf Stavros. „Wundervoll", sagte sie, an ihn gewandt, und fuhr fort: „Ich habe das Gefühl, ein Märchen zu erleben."

Seine Lippen verzogen sich zu einem Lächeln: „Liebste Allie, das ist ein Märchen, in dem Gott seine Hand im Spiel hat. Denn er ist der Eine, der uns führt. Mir tut leid, was ich zu dir gesagt habe, Allie. Du kannst alles haben. Deinen Beruf, in dem du Leben rettest, und das Happy End." Die erste kühle Brise seit Beginn der Hitzewelle vor fast einem Monat strich über sie hinweg. Die ganze Dorfgemeinschaft atmete erleichtert auf. Der kühle Wind tat gut.

Als sie die Arme um ihn legte, staunte sie darüber, wie sehr sich ihr Leben in dieser kurzen Zeit verändert hatte. Ihr Blick blieb an Papouli hängen. Der alte Mann zuckte die Achseln und deutete auf das Kreuz auf der Kirche mit dem blauen Kuppeldach. Sein Blick sagte sehr deutlich: „Bei Gott ist nichts unmöglich."

Zustimmend nickend und lächelnd formte Allie mit den Lippen *Danke*. Jetzt wusste sie, wofür der Mann in den vergangenen Jahren gebetet hatte – dass Stavros nicht nur zum Glauben zurückfinden, sondern auch die Liebe einer Frau finden möge. Die Tatsache, dass ein Mann, den sie gar nicht kannte, dafür gebetet hatte, dass sie den Mann kennenlernte, den sie jetzt umarmte, war eines der Wunder, die Gott tat. *Danke, Gott!*

Als sie am Abend gemeinsam auf der Terasse waren, nahm er sie in den Arm und flüsterte: „Liebe Allie, ich möchte dir eine sehr wichtige Frage stellen." Er atmete tief durch und trat einen halben

Schritt zurück, um ihr in die Augen blicken zu können, „aber zuvor habe ich noch einige andere Fragen an dich."

Sie nickte. Wie die eine wichtige Frage lauten würde, glaubte sie zu wissen. Bei den anderen war sie sich nicht sicher.

„Ich weiß, wie du zu Gott stehst, aber denkst du, dass unser beider Glaube miteinander vereinbar ist? Dass wir gemeinsam ein Leben im Glauben führen können?"

Ihr Blick suchte seinen. Den tiefen Glauben an Christus, den sie in seinen Augen las, bestätigte sie in ihrer Antwort. „Da du deinen Glauben neu bestätigt hast, lieber Stavros, lautet meine Antwort: Ja, ich glaube, dass unser Glaube miteinander vereinbar ist."

Er fuhr ihr mit den Fingern über ihre Wange und lächelte. Es war ein Lächeln der Liebe und der Freundschaft. Schließlich fuhr er leise fort: „Liebe Allie, was würdest du davon halten … Jeannies Mutter zu werden?"

Tränen der Freude traten Allie bei dieser Frage in die Augen. Sie wusste, wie sehr er seine Tochter liebte. Dass er diese Frage an sie richtete, war das größte Kompliment, das er ihr machen konnte. Sie legte ihre Hand an seine Wange. „Lieber, lieber Stavros, es wäre mir eine Ehre, Jeannies Mutter zu werden. Auch vor dem Gesetz", führte sie weiter aus. „Ich würde sie gern adoptieren, damit sie, falls wir weitere Kinder miteinander haben sollten, sicher wäre, nicht weniger meine Tochter zu sein."

Bei ihren Worten füllten sich seine Augen mit Tränen. Er blinzelte sie zurück. „Danke, Allie." Er seufzte, bevor er sie erneut anblickte.

„Wofür?"

„Dass du dir Kinder wünschst. Dass du Jeannies Mutter sein willst. Oh Allie –" Er strich mit den Händen über ihren Rücken. „Womit habe ich dich bloß verdient?", fragte er. „Du bist so klug, so schön, und so –"

Seine Worte gingen in ihrem Lachen unter. „Ich bin vor allem ungeduldig. Wirst du mir jetzt endlich *die* Frage stellen, Stavros, oder soll ich sie dir stellen?"

Jetzt musste auch er lachen.

„Allie, ich liebe dich. Willst du meine Frau werden und glücklich mit mir leben, bis an unser Lebensende?"

Allie ergriff seine Hände und erwiderte: „Mein lieber Stavros, ich möchte sehr gern deine Frau werden, die Mutter deiner Tochter Jeannie und aller anderen Kinder, die Gott uns vielleicht schenkt. Ich möchte mit dir leben bis an mein Lebensende, und da wir beide durch Jesus erlöst sind, können wir uns sogar darauf freuen, die Ewigkeit im Land der Freude, des Staunens und des Friedens zu verbringen – in Gottes Himmel."

Bei ihren Worten schüttelte er den Kopf. „Ich liebe dich, Allie", murmelte er, bevor seine Lippen ihre suchten, und Allies Liebesbeteuerung blieb unausgesprochen, aber nicht ungesagt, denn ihre Lippen verrieten ihm, was sie für ihn empfand. Sie liebte ihn, liebte ihn mehr, als sie sich je hätte vorstellen können.

Und eines Tages würden sie heiraten. Sie hatten einen himmlischen Vater, der es gut mit ihnen meinte.

Weitere Himmelsmelodien

JoAnn A. Grote
Mein Herz in der Prärie
Himmelsmelodie – Band 1
ISBN 978-3-86827-065-5
96 Seiten, Paperback

Die junge Schwedin Marin Nilsson hat einen Traum. Sie ist vor kurzem in die Vereinigten Staaten eingewandert und weiß, wie dringend die schwedischen Immigrantenkinder Englischunterricht bräuchten. Wie gerne würde sie die Aufgabe des Unterrichtens übernehmen. Doch Marins Siedlung liegt weit draußen in der Prärie und die nächste Schule ist zu weit entfernt. Ihr Nachbar Malte Siversson lässt sich dadurch jedoch nicht entmutigen. Er ist davon überzeugt, dass Gott Marin als Lehrerin gebrauchen möchte. Und so schlägt er ihr vor, selbst eine Schule zu gründen. Seit ihrer ersten Begegnung ist er in Marin verliebt, doch sie ist fest entschlossen, ihr Herz niemals der Liebe zu öffnen. Trotzdem hilft ihr Malte bei der Verwirklichung ihres Traumes. Kann seine Liebe ihr verschlossenes Herz erobern?

Yvonne Lehman
Die falsche Verlobte
Himmelsmelodie – Band 3
ISBN 978-86827-066-2
96 Seiten, Paperback

Christa Walsh wird das Opfer einer Verwechslung. Eigentlich wollte sie in dem Dorf hoch oben in den Bergen nur nach Kunsthandwerk für den Laden ihrer Familie suchen. Doch alle halten sie für die Verlobte des Arztes, die nun endlich gekommen ist, um in der Dorfschule zu unterrichten. Und anstatt das richtigzustellen, erwartet der Arzt doch tatsächlich von ihr, dass sie mitspielt! Nur widerstrebend lässt Christa sich darauf ein. Sie verspricht ihm, die Kinder zu unterrichten, bis seine wirkliche Verlobte ankommt. Bald wachsen ihr die Kinder, die kauzigen Bergdorfbewohner und auch der Arzt näher ans Herz als erwartet. Doch was, wenn die richtige Verlobte auftaucht?

Kathleen Ybarbo
Ein Kuss zum Kaffee
Himmelsmelodie – Band 2
ISBN 978-3-86827-068-6
96 Seiten, Paperback

Die Reporterin Carrie wittert augenblicklich eine gute Story, als ihr Sitznachbar im Flugzeug ihr von seiner Arbeit berichtet. Ryan ist der Chef einer gemeinnützigen Organisation, die Kaffeeplantagen in Costa Rica aufbaut. Der Gewinn wird angeblich komplett dafür eingesetzt, den Armen des Landes zu helfen.
Doch wie passt das mit seiner exklusiven Kleidung und seinem Erste-Klasse-Ticket zusammen? Carrie ist sich sicher, dass bei *Heavenly Beans* einiges faul ist. Sie beschließt, der Sache auf den Grund zu gehen. Vielleicht gelingt ihr mit einem Enthüllungsbericht der lang ersehnte Durchbruch?
Nach und nach gewinnt sie Ryans Vertrauen. Doch was, wenn sie zwischen ihren Gefühlen für ihn und ihrer Story wählen muss? Was, wenn er erfährt, warum sie wirklich an ihm interessiert ist?

Leseprobe

„Na, das nenne ich stilvoll fliegen."

Carrie Collins ließ ihren Sicherheitsgurt einschnappen und lehnte sich in ihrem breiten, bequemen Sitz der Ersten Klasse zurück. Die vierstündige Wartezeit hatte sich gelohnt. Allerdings hatte man sie auch mit der Zusage vertröstet, sie mit dem größtmöglichen Komfort nach Austin zu fliegen. Da machte es ihr beinahe nichts mehr aus, dass sie den Mittagsflug nicht bekommen hatte.

Millie würde vielleicht staunen, wenn sie das hörte. Morgen würde Carrie ihrer Arbeitskollegin und besten Freundin in allen Einzelheiten von dem Flug in der Luxusklasse vorschwärmen. Denn Millie liebte Einzelheiten.

Immerhin war es ihre Aufgabe in der Redaktion, Fakten zu überprüfen.

Das Buch, das Carrie auf dem Flughafen zu lesen begonnen hatte, lockte und sie nahm es aus ihrem Handgepäck. Während sie ihren Orangensaft schlürfte und sich darauf freute, sich ins Texas des Jahres 1878 entführen zu lassen, stahl sich ein Lächeln auf Carries Lippen. Wie oft kam eine kleine Reporterin der *Austin Times* in den Genuss von solchem Luxus?

Eigentlich nie, aber andererseits hatte sie ihre Träume vom Jetset-Lebensstil einer Spitzenreporterin noch nicht ganz aufgegeben. Bisher hatte Gott offensichtlich andere Pläne für sie.

Die Tatsache, dass sie überhaupt nach Kalifornien hatte fliegen dürfen, zeigte ihr, dass Gott einen Plan für ihr Leben hatte. Und zu diesem Plan gehörte die schriftstellerische Tätigkeit. Nie hätte sie mit einem Stipendium für den prestigeträchtigen Kongress der christlichen Schriftsteller nördlich von San José gerechnet. Das allein war schon ein Segen, doch als ihr Vorgesetzter ihr mitteilte, sie könne die Reise als Auftrag betrachten, wenn sie darüber in der *Times* berichte, fühlte sie sich doppelt gesegnet. Für ein Mädchen, das nur eine Woche Urlaub im Jahr bekam, war dies eine einmalige Chance.

Carrie klappte das Buch zu und beobachtete durch das Fenster das hektische Treiben draußen auf dem Rollfeld. Die goldene Sonne am tiefblauen Himmel berührte bereits die obersten Gipfel der fernen Berge. Dieser Anblick weckte Erinnerungen an den wunderschönen Ort, an dem sie die vergangenen fünf Tage verbracht hatte.

Während des Kongresses hatte sie genügend Zeit gehabt zu beten und über Gottes Pläne für ihr Leben nachzudenken. Und sie hatte Zeit gehabt, auf ihr bisheriges Leben zurückzublicken und über Gottes souveränes Handeln in der Vergangenheit zu staunen. Diese Tage der Ruhe hatten sie erfrischt, sie mit neuer Kraft erfüllt und ihr neue Impulse gegeben. Wichtiger noch, sie hatten ihr klargemacht, dass sie etwas Großes für Gott wagen sollte.

Sie könnte zum Beispiel eine ernsthafte Journalistin werden, deren Artikel in christlichen und säkularen Kreisen gleichermaßen anerkannt wurden.

Auch wenn Mr Scott so freundlich gewesen war, sie an dieser Tagung teilnehmen zu lassen, so wusste Carrie doch, dass er es ihr nicht zutraute, in die oberste Reporterliga aufzusteigen. „Das ist in Ordnung“, flüsterte sie, während sie ihre Aufmerksamkeit wieder ihrem Roman zuwandte. „Ich habe ein Ziel.“

Der unaufhörliche Strom von Passagieren, die durch die Kabine der Ersten Klasse liefen, hatte merklich nachgelassen, als Carrie das Kapitel zu Ende gelesen hatte. „Würden Sie bitte Ihr Handgepäck verstauen, Madam."

Carrie blickte in das Gesicht einer freundlichen Flugbegleiterin. „Ja, selbstverständlich." Sie stopfte das Buch in die Sitztasche und versuchte, ihre ach so trendige Tasche unter den Vordersitz zu stopfen. Nach zwei Versuchen erhob sich der grauhaarige Geschäftsmann in der Reihe vor ihr und warf ihr einen wütenden Blick zu.

„Es tut mir schrecklich leid, dass ich hier so viel Unruhe verbreite", entschuldigte sie sich.

Anstatt ihr eine Antwort zu geben, deutete er vielsagend auf das Gepäckfach über ihrem Kopf und ließ sich mit einem Kopfschütteln wieder auf seinen Sitz sinken. „Also gut. Dann eben ins Gepäckfach." Leider hatte sich die Tasche unter dem Sitz verklemmt.

Sie zerrte und riss an dem Gepäckstück, während sie sich immer wieder bei dem Herrn in der Reihe vor ihr entschuldigte. Endlich konnte sie die Tasche mit einem Ruck befreien, aber wie sollte sie das Ungetüm jetzt in das Gepäckfach wuchten?

„Darf ich Ihnen helfen, Miss?"

Zwei Hände in gestärkten Hemdsärmeln nahmen ihr die Tasche ab und hievten sie in das Gepäckfach. Carrie duckte sich unter den Armen hindurch und ließ sich auf ihren Platz sinken. Jetzt konnte sie den Mann im Gang besser anschauen.

Er trug ein Baumwollhemd und eine Khakihose, und wenn nicht die interessante bunte Krawatte und die beiden Grübchen gewesen wären, hätte er durchaus ein Kunde eines überteuerten Coffeeshops im Ort sein können. Mit seinen dunklen, modern geschnittenen, etwas unordentlichen Haare und der gebräunten Haut sah er aus, als würde er mehr Zeit draußen an der frischen Luft verbringen als in einem Sitzungssaal.

Doch die Aktentasche in seiner Hand ließ noch andere Schlüsse zu.

Sie war schwarz und aus Leder, eine von jenen teuren Ledertaschen, denen man die Qualität und den hohen Preis schon von weitem ansah. Unterhalb des Griffes waren Initialen dezent in Gold geprägt. R.B.

„Ryan Baxter. 2 B."

„Wie bitte?" Ihr Blick löste sich von der Aktentasche und wanderte zum Gesicht ihres Besitzers. „Oh, verstehe. 2 B. Ich dachte, Sie würden Shakespeare zitieren. Sie wissen schon: ‚To be or not to be'."

Sein verständnisloser Blick sagte ihr, dass sie vermutlich etwas absonderlich auf ihn wirkte. „Vergessen Sie's", murmelte sie ...